I0703526

Saga Sob o Sol do Pantanal

Ellie Vivino

Uma comédia romântica

em cenário brasileiro

Saga Sob o Sol do Pantanal
Título Original: Like Jaguar Eyes
Escrito por Ellie Vivino
Copyright © 2024 Ellie Vivino
© 2024 Ellie Vivino, para esta edição The Book Publishing Solutions
Publicado originalmente pela The Book Publishing Solutions
Tradutor: Ellie Vivino

Nota do Tradutor: Exceto pelo nome da locutora, todos os demais personagens aparecem com seus nomes originais, preservando a autenticidade das identidades fictícias que habitam este mundo narrativo.
Capa: The Book Publishing Solutions
1a. edição, junho de 2024

ISBN: 978-1-963949-79-7 (ebook)
ISBN: 978-1-963949-80-3 (paperback)
ISBN: 978-1-964913-91-9 (hardcover)

Impresso nos Estados Unidos da América.

Índice

Prólogo
Selvita, junho de 1985

Com sua voz versátil e animada, a locutora Meire encantava seus ouvintes de rádio:

— Acredito que os jaguares se comunicam através dos olhos. Ao fixarem-se em suas presas, seus olhos âmbar parecem dizer: 'Eu quero você. Você é meu.'

— Mas não o jaguar da história de hoje.

— Como sabemos, os fogos queimaram a cidade de Selvita. Voluntários usando uniformes exclusivos do Grupo de Resgate vasculharam áreas reduzidas a cinzas em busca de animais sobreviventes. Após encontrarem répteis e capivaras sem vida, árvores e pássaros incinerados, ouviram um rugido fraco. Avançando em direção ao som, eles o avistaram: o jaguar, indefeso e vulnerável, na sombra do que restava de sua árvore manduvi. Suas patas estavam da cor do carro de bombeiros, queimadas no incêndio do Pantanal. O jaguar abriu a boca, mas não se mexeu. E seu olhar parecia implorar: 'Ajude-me.'

— Sem hesitar, um dos voluntários mirou e o acertou com um dardo tranquilizante. O jaguar observou as pessoas ao seu redor e logo fechou os olhos. Outro voluntário colocou uma focinheira no animal e, com cautela, a equipe colocou-o em uma maca. Eles levaram o jaguar para a Fazenda Santa Fabiana para uma avaliação veterinária e para receber cuidados adicionais. Fiquem atentos. A história continua após a mensagem dos nossos patrocinadores.

Enquanto isso, no celeiro da Fazenda Santa Fabiana, o jaguar ferido repousava sobre uma mesa situada dentro de um compartimento de vidro. Através do vidro, voluntários observavam o veterinário inspecionando as vulneráveis patas vermelhas do felino.

— Coitado, quanto ele sofreu andando naquelas brasas — lamentou Kathy, uma das voluntárias. Ao conferir as horas em seu relógio de pulso, Kathy lançou um olhar ao redor e notou um rádio antigo em uma mesa, ao lado de um ventilador alto e grande em funcionamento. Ela ligou o rádio, sintonizando no programa da locutora Meire. Enquanto observava o jaguar sedado e mantinha seu ouvido atento ao rádio, Kathy comentou:

— Adoro a série Saga. O estilo da Meire é tão cativante. Ela nos transporta para o meio da cena.

Kathy ajustou o volume, convidando os presentes a ouvirem a narrativa.

Naquele momento, a música de abertura do show preencheu o ar. Meire disse pelo microfone:

— Bom dia, caros ouvintes da Rádio *Narrative Waves*, a emissora que oferece conteúdos inspirados em narrativas fascinantes. Vocês estão sintonizados no programa *Words into Tangible Worlds*, apresentado por mim, Meire. Estou grata pela acolhida em suas residências, locais de trabalho e onde mais estiverem neste dia quente e ensolarado, típico de Selvita. Como uma observadora discreta, estou pronta para interpretar muitos personagens e mergulhar em diferentes mentes. Portanto, permitam que nossa imaginação voe alto. Hoje, apresento a vocês a intrigante história da Fazenda Santa Fabiana, um enredo que converge de forma trágica com a de nosso jaguar ferido.

Após um breve efeito especial, a locutora Meire começou:

— Vamos voltar no tempo. Oito anos atrás...

1977 - Rio de Janeiro
Areias de Um Verão e Uma Viagem Surpresa

Na Praia de Ipanema, Fabiana e sua amiga Clara, ambas com treze anos, desfrutavam a brisa marinha e o aconchegante calor do sol tropical. Ali estavam, observando os colegas de escola jogando vôlei de praia. As adolescentes bronzeadas trocavam risos cúmplices sempre que lançavam olhares para Peter, o grande amor platônico de Fabiana. Peter, um adolescente bronzeado, usando bermuda com tema de surf, concentrava-se no jogo.

Envolvido em sua atividade, Manuelito, irmão de Fabiana, com sete anos de idade, criava um imponente castelo de areia aos pés da irmã. Contudo, sua alegria durou pouco quando a bola de vôlei espatifou sua obra-prima. Num gesto afetuoso, Fabiana afagou sua cabeça e pediu-lhe que cavasse a areia. Naquele momento, Peter começou a caminhar em direção a ela. O coração da garota acelerava com a proximidade dele. Peter pegou a bola, e rapidamente tirou dois ingressos do bolso da bermuda. Para surpresa de Fabiana, ele entregou-os a Clara, como havia prometido antes, sem o conhecimento de Fabiana. Franzindo a testa, a adolescente alisou a camiseta e olhou para Clara com expressão interrogativa. Suspirou aliviada quando Clara explicou que os ingressos eram para o musical de teatro amador em que atuava o irmão de Peter, sua paixão platônica.

Tomada de coragem, Fabiana perguntou a Peter se ele iria assistir à peça, mas Clara demandou a atenção da amiga, sugerindo que se Fabiana fosse, talvez sua mãe permitisse sua ida. De forma insistente, ela pediu para Fabiana acompanhá-la. Com um sorriso maroto, Fabiana concordou, lançando um olhar para Peter que já retornava à quadra.

Tocando na mão de sua irmã, Manuelito se levantou e disse que queria ir para casa almoçar. Fabiana e Clara acenaram para Peter, pegaram nas mãos do menino e atravessaram a rua movimentada. Eram vizinhas no prédio onde moravam, com vista para a praia de Ipanema.

***

Durante o almoço, Fabiana suplicou:

— Mãe, por favor, me deixa ir ao teatro. Clara tem dois ingressos. Um amigo dela está na peça. Ela quer que eu vá com ela.

Pearl balançou a cabeça, prestes a saborear sua salada quando o telefone interrompeu sua refeição. Ao atender, Pearl assegurou ao interlocutor que chegaria o mais rápido possível. Sua expressão alegre desapareceu ao desligar. Afundou-se na cadeira pensativa.

Curiosa, a garota perguntou:

— Onde a senhora vai? Quem era no telefone?

— Dr. Machado. Ele diz que meu pai está muito doente.

Atordoada com essa revelação, ela continuou:

— Espere, o quê? A senhora quer dizer que tenho um avô? E ele está vivo? Mas você disse que ele morreu antes de eu nascer!

— É complicado, filha. Resumindo, ele me abandonou.

— Qual é o nome dele e onde ele está agora?

— Ele se chama Jackson e está na casa onde cresci, em Selvita. Preciso ir lá. Vocês virão comigo. Vou ligar pro seu pai e fazer reservas.

— Bacana! Vou levar minha câmera e tirar muitas fotos dos animais selvagens — Manuelito exclamou entusiasmado.

Descontente, Fabiana franziu os lábios. Se fosse para Selvita deixaria Peter para trás e perderia o teatro. Esperneou e disse que não queria ir pois tinha medo de animais selvagens vagando no matagal. À beira de lágrimas, Fabiana correu para seu quarto, encontrando consolo em seu caderno de desenho. Irritada, esboçou um olho, pintando-o de vermelho carmesim como se estivesse em chamas. Num acesso de frustração, gritou:

— Mãe, a senhora precisa ir, mas sozinha.

Pearl encerrou o telefonema com o marido e em voz alta avisou Fabiana que eles partiriam na manhã seguinte. Ajeitando a camiseta, a menina voltou para perto da mãe e disse que só iria se viajassem de avião. Pearl assentiu com a cabeça. Fabiana ligou para Clara para contar sobre sua viagem para Selvita, descrevendo-a como uma cidade no meio do nada.

No dia seguinte, Bobby, o marido de Pearl, colocou as bagagens no porta-malas de seu carro e levou a família ao Aeroporto Santos Dumont. Enquanto fitava Pearl, dizia aos filhos que não podia ir com eles por causa de sua agenda de trabalho.

Os três viajantes embarcaram no avião da VARIG com destino a Campo Grande. Fabiana ocupou seu assento na janela, e durante o voo trocou de lugar com Manuelito, que também desejava admirar a vista, mesmo que visse apenas nuvens. Antes do avião pousar, Fabiana pediu ao comissário a revista de bordo, e foi prontamente atendida.

Ao chegar ao aeroporto de Campo Grande, a família chamou um táxi Fusca para levá-los à rodoviária.

***

Enquanto isso, em Selvita, o sol poente lançava sua luz dourada sobre as águas do pantanal repleto de plantas aquáticas. O jaguar que havia dormido durante o dia enroscado em um galho da árvore manduvi, agora estava desperto e sua fome se intensificava. Os olhos âmbar penetrantes do felino escaneavam a área, em busca de presas. Seu corpo revestido de rosetas o ajudava a se camuflar entre as folhas de sua árvore territorial. Assim que avistou um jacaré descansando, imóvel na margem do rio com a boca aberta, tomou uma decisão. Este seria o seu alvo. Com os olhos fixos no jacaré e as patas prontas para atacar, o jaguar se preparou. Sem fazer movimentos bruscos, esperou até que a oportunidade perfeita surgisse. O jacaré olhou para o outro lado, e essa foi a distração que o predador precisava. E com precisão, o felino o atacou.

***

Glorieta, uma mulher de olhos castanhos realçados por rímel intenso, cuidava do doente. Ela concordara em cuidar dele duas semanas antes, presumindo que ele não tinha parentes.

Apenas ontem, ela mencionara seu aniversário de trinta e cinco anos, cinco anos a menos do que tinha. O doente assentiu com a cabeça. Encorajada, Glorieta sugeriu que ele lhe presenteasse sua fazenda mesmo em estado decadente. Ele assentiu novamente. Ela acrescentou que não se importava que o casarão tivesse sido queimado anos atrás. O movimento do ventilador do teto estava deixando-o sonolento, e sua cabeça balançava pra cima e pra baixo para evitar pegar no sono. Glorieta interpretou esses movimentos como consentimento.

Esta manhã, ela entrou no quarto dele balançando no ar um documento com bordas queimadas. Dançando um chá-chá-chá imaginário, aproximou-se e tocou suavemente em suas mãos magras.

— Jackson, você assinará esta cópia da escritura hoje.

Ela saiu do quarto, guardou o documento em sua bolsa e sentou-se na sala. Usou uma revista para se abanar. E devaneou.

Relembrou seu mais recente encontro amoroso. Tinha sido há duas semanas. Abanando uma caixa de chocolates no ar, Monlevade tinha chegado na casa de Glorieta, como sempre, sem avisar. Enquanto Cida, sua empregada, o cumprimentava à porta, Glorieta foi até a cozinha pegar o açucareiro. Depois de trazê-lo para seu quarto e deixá-lo na mesa de cabeceira, ela entrou na sala, abraçou Monlevade e pediu que Cida servisse café. Poucos minutos depois, a empregada voltou para se desculpar pela falta do açúcar.

— Vá lá na padaria comprar. Cida, você sabe que eu odeio beber café sem açúcar — Glorieta disse piscando para Monlevade que riu com cumplicidade.

Assim que Cida saiu, Monlevade, pressionando Glorieta contra a parede, dirigiu-se ao quarto dela. Glorieta tirou a caixa de chocolates das mãos dele, mas ele a pegou de volta e a lançou em direção ao criado-mudo. A caixa derrubou o açucareiro de vidro no chão de ladrilho, quebrando-o e espalhando seu conteúdo. Glorieta revirou os olhos, consultou seu relógio de pulso e declarou que tinham no máximo só 15 minutos.

Monlevade, um homem de barriga volumosa, duas décadas mais velho que ela, arfava enquanto desabotoava sua blusa de seda e beijava seu pescoço e busto. Glorieta revirou os olhos e tolerou o incômodo de sua barba áspera e pontiaguda pelo tempo que pode. Depois segurando sua cabeça, ela disse:

— Vamos falar sobre Fazenda Santa Fabiana.

— Sim, meu bem. Vamos transformá-lo em 'Hotel Santa Glorieta'. Só precisamos da escritura assinada. Cuidarei de tudo.

— Perfeito! Vamos em frente. Mas agora, tire esse sorriso fofo do rosto, e vamos para a sala de estar. Cida volta a qualquer momento.

Glorieta estava acostumada com os longos períodos de ausência de Monlevade, que sempre retornava sem aviso prévio para sussurrar em seus ouvidos:

— Meu bem, eu vou cuidar de você.

Jornada a Selvita
As Surpresas Inesperadas

Depois da extenuante viagem de seis horas em um ônibus desconfortável, Pearl, Fabiana e Manuelito finalmente chegaram a Selvita. Ao desembarcarem espreguiçando-se para aliviar a tensão, foram abordados por um homem sem camisa que carregava uma caixa de isopor, vendendo copos de água gelada. Pearl comprou três, e eles saciaram a sede como se estivessem atravessando o deserto do Saara.

Fabiana reclamou da viagem cansativa e cheia de solavancos do ônibus, e Pearl concordou com a cabeça. O calor intenso fez o suor brotar na testa de Fabiana, que apontou para o termômetro na rua, indicando 40 graus Celsius. Pearl, igualmente afetada pelo calor, usou um elástico para prender o cabelo curto em um rabo de cavalo baixo e solicitou um lenço a Fabiana. Em resposta, Fabiana ofereceu a revista da VARIG, que trazia em sua bolsa, e Pearl a usou como um improvisado leque. Pearl propôs pegar um táxi até a casa de seu pai pois o calor tornava a ideia de caminhar insuportável.

***

Assim que Manuelito desembarcou do táxi, apontou sua câmera para o céu. Ao avistar araras azuis sobrevoando a modesta casa de tijolos, ele disse entusiasmado:

— Olhem ali! E escutem o barulho desses grilos. Incrível!

— Pensei que a casa fosse maior. Tem ao menos um banheiro? Onde vamos dormir? — reclamou Fabiana.

— A casa é maior do que aparenta. Tem três quartos e um banheiro muito bom — respondeu Pearl — Cresci nesta casa e sempre gostei de ver tucanos e tuiuiús...

— Tuiuiús? — perguntou Manuelito.

— Sim, nós chamamos os jabirus assim.

— Bacana — disse Manuelito enquanto tirava fotos de tudo ao seu redor.

Pearl carregou sua mala até a porta e bateu firmemente. E disse à mulher que entreabriu a porta:

— Sou filha do Jackson.

Houve uma pausa antes que a mulher, franzindo as sobrancelhas, respondesse:

— Glorieta, a cuidadora. Ele me disse que não tinha parente.

— O Dr. Machado me ligou. Disse que eu deveria vir o quanto antes ver meu pai. Estes são meus filhos, os netos dele.

— Esperem aqui — disse Glorieta fechando a porta. No quarto do doente, ela o sacudiu para acordá-lo. Sua voz era estridente:

— Jackson, Jackson, me diz que você não tem uma filha.

— Ela já chegou? — o doente confirmou, embora parecesse desorientado. Preocupada, Glorieta deixou o quarto e caminhou pela sala de estar, com os braços cruzados e os lábios apertados, durante uns cinco minutos, incerta sobre o que fazer a seguir. Finalmente, abriu a porta e manteve-se em silêncio enquanto a família entrava.

Pearl afirmou conhecer o caminho e seguiu para o quarto de seu pai, acompanhada de seus filhos e Glorieta. Com olhos lacrimejantes, Jackson segurou a mão de sua filha. Em seguida, ele pediu para Glorieta deixá-los a sós. Com um sorriso fingido nos lábios, ela deixou o quarto. Mas antes de fechar a porta, revirou os olhos ao ouvir Jackson pedir:

— Prepare-nos também um café da manhã.

Pearl apresentou seus filhos. Diante do homem que lhe havia imposto uma difícil decisão no passado — ser bem-vinda em sua própria casa ou casar-se com Bobby contra a vontade de Jackson — ela não sabia como agir. Expressou a vontade de tomar um banho e levou suas malas até o quarto que outrora ocupara na infância. Olhou ao seu redor, abriu gavetas e armários, e encontrou apenas um vazio onde antes estavam seus pertences. Nada restava para evocar suas memórias naquele lugar. Deu um suspiro profundo. Em seguida, abriu a mala, tirou um conjunto de saia e blusa de linho, e se encaminhou para o banheiro.

Assim que Glorieta ouviu o som do chuveiro, ela encostou a orelha na porta do quarto de Jackson. A tosse angustiante dele não a alarmava. Mas, ela sentia-se furiosa com o que ouvia.

Jackson pediu para Fabiana pegar duas caixas e um envelope pardo em cima de sua cômoda. Ao abrir uma das caixas, ele explicou:

— Você vai precisar disso aqui em Selvita. É para tranquilizar os animais. Vai apenas sedá-los. Depois disso, saia de lá o mais rápido possível.

Manuelito segurou o que parecia uma arma com espaço para uma seringa. Fabiana hesitou, e disse:

— Acho que não vamos ter tempo pra deparar com bichos selvagens já que não vamos ficar por muito tempo.

Jackson insistiu para que ela pegasse a arma e ela o fez.

Glorieta murmurou entre dentes:

— Crianças estúpidas, espero que se deparem com um jaguar devorador de homens. Veremos como funcionam as sugestões do seu avô.

O som da porta do banheiro abrindo forçou Glorieta a se deslocar para a cozinha, para evitar que Pearl a flagrasse ouvindo. Pearl entrou no quarto de seu pai a tempo de ouvi-lo perguntar:

— Manuelito, você tem quantos anos? Sete? Vou dar sua caixa para sua mãe. E Pearl, este envelope é pra você.

Ela olhou seu conteúdo e retirou uma carta, a que ela havia enviado a ele para anunciar o nascimento de Fabiana.

Mais uma vez, Glorieta se aproximou da porta do quarto de Jackson, ficando indignada com o que escutava.

— Pearl, essa é a única carta sua que guardei. As outras, devolvi sem ao menos abrir, dominado pela raiva. Pelo menos aprendi o nome da minha neta e assim nomeei a fazenda.

Ele olhou para Fabiana e disse:

— Estou deixando minha fazenda pra você, Fabiana — Jackson ficou sem fôlego e começou a ter convulsões. O barulho dos caminhões passando em frente a casa abafou suas palavras dificultando para Glorieta entender o que ele estava dizendo:

— Conte sobre a fazenda **só** depois de se casar. Claro, **pode vender se**, se, sem **casar**.

—Velho bastardo! Ouvi direito? Você disse que a garota só pode vender *se* casar? Fazenda Santa Fabiana deveria ser minha. Tenho planos para este lugar. Ela será minha, minha! — Glorieta murmurou para si mesma e apressou-se de volta à cozinha quando ouviu os passos de alguém se aproximando da porta.

Fabiana encontrou Glorieta preparando uma bandeja com gelatina, suco e bolachas.

—Senhora, chame um padre! Rápido! — A garota pediu e correu de volta para o lado de seu avô.

“Quem você pensa que é para me dar ordens, pestinha?” Glorieta pensou antes de pegar a lista telefônica sobre a mesa de canto na sala de estar. Virava as páginas, quase rasgando-as. Em seguida, se recompôs e retornou ao quarto. Chamou Fabiana de lado, deu-lhe um pedaço de papel, e mentindo disse:

— Liguei para a secretária da igreja e ela não atendeu. Este é o mapa e endereço da igreja. Fica perto da escola secundária. Vá lá e peça a um padre que venha. Não consigo correr ou andar tão rápido quanto você. — E colocando o braço nos ombros de Fabiana conduziu-a em direção à porta da frente.

Entretanto, Fabiana se desvencilhou das mãos de Glorieta e voltou para o quarto. Pôs a arma tranquilizante em sua bolsa e saiu.

***

Johnny não via a hora de saborear o purê de batatas que Cida, a empregada de sua mãe, estava preparando para celebrar seu aniversário de quinze anos. Encheu-se de coragem e entregou ao professor de educação física um bilhete falsificado de sua mãe, justificando uma suposta consulta médica. O professor substituto olhou bem para Johnny antes de guardar o bilhete no bolso. Embora nervoso, o garoto encarou o docente que assentiu, acenou para ele se retirar, e assobiou para reunir os demais alunos.

Johnny celebrou ao deixar o recinto, erguendo o punho triunfante no ar. Afinal, era seu aniversário; por que ele deveria passar seu dia especial fazendo exercícios exaustivos e enfrentar zombarias por ter um pouco de peso extra? Não notou que dois de seus colegas, que também estavam matando a mesma aula, o seguiam. Quando chegaram a um canto isolado, os dois magricelas empurraram Johnny. Eles o chamaram de nomes ofensivos e o jogaram contra a parede. Johnny se ajoelhou e cobriu a cabeça com os braços.

Fabiana dobrou a esquina e, subitamente, parou ao se deparar com garotos brigando. Preferindo não se envolver no tumulto, atravessou a rua.

Os valentões tiraram os livros da mochila de Johnny e os jogaram para o alto apenas para se divertirem. Um livro acertou Fabiana na cabeça, e ela massageou o local atingido. Um dos garotos percebeu sua presença. Em um piscar de olhos, ela retirou a pistola tranquilizante descarregada. Com as mãos trêmulas, ela se aproximou.

Os dois meninos encararam a adolescente que os ameaçava, implorando para que ela se acalmasse. Alegando estarem ajudando o garoto a se levantar, eles o puxaram para cima, numa suposta demonstração. Johnny esquivou-se das mãos deles e manteve os braços defensivamente ao redor da cabeça. Os garotos afagaram a cabeça de Johnny e se dispersaram em direções opostas.

Fabiana se sentiu enjoada. Enquanto colocava a pistola na bolsa, sua mente estava repleta de imagens pavorosas. "E se eu tivesse encontrado um jaguar atacando esse pobre garoto? Não, Selvita definitivamente não é para mim," pensou balançando a cabeça enquanto recolhia os livros de Johnny.

Aproximou-se dele e tocando em seu ombro disse que os briguentos haviam se retirado. Quando ele abriu os olhos, o sol espreitava entre as nuvens. Para sua surpresa, a figura diante dele parecia celestial, quase como um 'anjo'. Seus olhos se fixaram nas palavras I Love Rio estampadas em sua camiseta. O anjo então disse:

— Seu nariz está sangrando.

Johnny pressionou o polegar contra as narinas para estancar o sangue.

— Desculpe, mas tenho pressa. Estou procurando o padre.

— A igreja fica naquela esquina. Bem ali mesmo.

— Obrigada.

Johnny se ergueu. Admirado, ele observou o anjo desaparecer na esquina da rua.

***

Pearl segurou os dedos ossudos de seu pai. — Sinto muito, pai, por todo esse tempo que perdemos.

Jackson respondeu:

— Filha, o Bobby... é um bom marido?

— É sim, o melhor. Ele é ótimo com as crianças e comigo.

Entre convulsões e tosses preocupantes, Jackson confessou angustiado:

— Então, o que realmente importa é isso. Eu é que peço desculpa por tudo. Reconheço que toda a culpa foi minha. Eu deveria ter permitido que você se casasse com Bobby. Eu achava que ele estava interessado apenas em nossa fortuna. Não consegui enxergar além do

13

fato dele ser filho da minha empregada. Me equivoquei e fui irracional. Nunca deveria ter te expulsado.

— Pai, eu...Eu não sei o que dizer. Bobby, que não pode vir, e eu sempre esperamos por esse momento. Bem, o que importa agora é que estamos aqui, prontos para seguir em frente. Eu te perdoo, pai.

Fabiana encontrou o padre no centro da praça, próximo a fonte ornamental. Ele parecia imerso em suas próprias reflexões, talvez absorto em orações ou contemplando a tranquilidade do ambiente ao seu redor. Fabiana se apresentou e explicou a situação delicada de seu avô. Diante da urgência, o padre se prontificou a oferecer sua bênção e consolo.

Eles foram recebidos por Glorieta, que com uma expressão sombria e lábios apertados, acompanhou-os ao quarto de Jackson. Ela se posicionou na porta com um semblante carregado de insatisfação.

Pearl agradeceu ao padre por sua presença. Enquanto o mesmo preparava a água benta, Jackson voltou-se para ela. Tossindo intermitentemente, disse com dificuldade:

— Quero que você leve uma mensagem para Madame Sophia em Campo Grande no seu caminho de volta ao Rio. Você encontrará o endereço dela no meu Rolodex.

— Claro. O que você quer que eu diga a ela? — Pearl conteve um soluço.

— Peça para ela esquecer de...— Jackson solicitou, ofegante.

— Pai, esquecer de quê?

Os olhos do doente estavam abertos, mas ele não os via mais. Pearl abraçou seus filhos. Diante dos olhares lacrimosos de Pearl e das crianças, o padre se aproximou e administrou os últimos ritos.

***

14

À beira da pia da cozinha, Glorieta não notava a água da torneira transbordando em um copo de plástico. Seus olhos emitiam a intensidade de um jaguar à espreita, pronta para atacar, tal qual o felino. Por fim, apertou o copo nas mãos, percebendo que seu plano com Monlevade, inicialmente promissor, estava prestes a se dissipar no ar.

De volta ao quarto de Jackson, ela observou com uma mistura de desgosto e desprezo quando Pearl fechou os olhos de seu pai. Assegurando à família que não tinham com o que se preocupar, Glorieta ofereceu-se para informar sobre o falecimento aos amigos de Jackson. Balançando a cabeça, ela deixou o quarto e saiu de casa sem dizer uma palavra. Ela parou em uma padaria e instruiu o dono a direcionar seus clientes para o cemitério.

***

O funeral de Jackson ocorreu no dia seguinte. Pearl agradeceu às pessoas humildes e cansadas reunindo-se no cemitério naquela tarde chuvosa. Logo soube que os mesmos haviam trabalhado para Jackson alguns anos atrás.

— Mamãe espero que a senhora tenha conseguido fazer as pazes com o vovô — disse Fabiana.

— Por que ele estava se desculpando? — perguntou Manuelito.

Pearl abraçou seus filhos e disse:

— O pavio curto do meu pai fechou muitas portas. Ele ficou furioso quando me casei com seu pai e nos expulsou daqui e de sua vida. Devolveu-me minhas cartas. Mas hoje vocês viram, ele estava arrependido por todo o tempo perdido. Ele gostou de conhecer vocês dois.

Glorieta não voltou à casa de Jackson para ajudar Pearl na limpeza, mas enviou um cartão de condolências com instruções para a família lhe enviar seu salário.

Pearl guardou as armas tranquilizantes em uma gaveta na cozinha e organizou os pertences de seu pai. Manuelito encontrou três ventiladores no celeiro e os trouxe para a sala para combater o calor intenso de Selvita. Enquanto isso, Pearl encontrou o liquidificador antigo de sua mãe e preparou suco natural de melancia, que consumiram com entusiasmo.

Duas semanas depois, eles fizeram as malas e foram até a estação de ônibus. Enquanto esperavam pelo ônibus leito, Pearl soluçava baixinho. Fabiana e Manuelito a abraçaram e suas lágrimas se misturaram. Fabiana disse:

— O vovô não precisava deixar nada para mim. Mas estou feliz que a senhora tenha se despedido dele.

O Retorno ao Rio de Janeiro

Manuelito adormeceu durante a jornada de ônibus. Ao chegarem em Campo Grande, ele, sua mãe e irmã tinham que esperar até o anoitecer para embarcar no voo de retorno ao Rio de Janeiro. Para se refrescarem, abanaram-se com revistas. Eles entraram no táxi que se aproximava da fila, e Pearl deu um endereço ao motorista. Depois de um percurso de quinze minutos, o táxi estacionou diante de uma pequena casa coberta por buganvílias.

Madame Sophia, uma mulher de quase setenta anos, prendia seus longos cabelos em um coque. Ela deslizou seus óculos enormes ao estilo Sophia Loren para a ponta do nariz, lançando um olhar curioso através da janela para ver quem estava batendo à sua porta. Girou a maçaneta e entreabriu a porta, espiando pela fresta.

Pearl se apresentou e explicou que trazia uma mensagem póstuma de seu pai.

— De quem?

— Jackson, o dono da Fazenda Santa Fabiana.

Sophia abriu a porta deixando-os entrar.

— Jackson, aquele homem maravilhoso, faleceu?

— Suas últimas palavras foram: Peça para Sophia esquecer... — Pearl disse e lançou um olhar cheio de expectativa, esperando que Sophia continuasse.

— Esquecer? —Madame Sophia deu uma risada estridente que ressoou pela sala como uma metralhadora assustando a família. —Ai, meu bem. Sinto muito, mas já faz tanto tempo. Seja lá o que for, eu já esqueci.

Ela convidou a família para se sentar e serviu café acompanhado de bolachas. Em seguida, propôs a Fabiana que escolhesse um design para manicure. O rosto de Fabiana se iluminou, mas logo a expressão se desvaneceu quando Sophia disse:

— Pensando bem, farei sua manicure quando você voltar para Selvita. Enquanto isso, permita-me ler sua sorte.

Sophia estendeu as mãos em direção a sala de estar, que estava em penumbra devido as cortinas pesadas e escuras, e todos a seguiram. No canto da sala, uma mesinha exibia um baralho usado com as cartas desgastadas pelo tempo, e um turbante empoeirado. Pedindo a Fabiana que se sentasse, ambas se acomodaram frente a frente. De pé ao lado da mesa, mãe e filho observavam. Com o turbante já em sua cabeça, Sophia começou a falar em um tom misterioso.

— Vamos ver o que o futuro reserva pra você. Corte este baralho em três montes e coloque-os virados para baixo.

Fabiana assim o fez.

Madame Sophia virou a primeira carta e declarou:

— O presente. Você gosta de viajar, hein? Eu sei que você está viajando, mas isso pode ser a viagem de hoje ou uma viagem futura de avião.

Virando a carta do meio, revelou:

— O passado. Um admirador. Há alguém esperando por você, mas não tenho certeza onde.

E ao desvendar a terceira carta, bateu na carta com um sorriso:

— Aha! O futuro. Desembaraço. Coisas boas estão em seu caminho, mas você precisa resolver alguns negócios inacabados.

— Isso poderia ser um concerto de música? Fabiana perguntou.

Madame Sophia suspirou. Tirou o turbante, recolheu as cartas e as guardou, dizendo:

— Poderia ser. Mas sinto que é algo mais. — Sophia piscou para Pearl, enquanto Fabiana trocava olhares perplexos com seu irmão, que lutava para conter o riso.

Horas mais tarde, Madame Sophia chamou um táxi para levar a família ao aeroporto. Fabiana mal podia conter a empolgação pelo retorno iminente ao Rio de Janeiro.

***

Bobby aguardava a família no aeroporto do Rio. Após os devidos cumprimentos, Fabiana e Manuelito se sentaram no banco de trás. Em pé ao lado do marido, que estava colocando as malas no porta-malas, Pearl disse, observando o rosto dele em busca de alguma reação:

— Meu pai se desculpou pela maneira como ele te tratou, querido. Ele deixou a fazenda para Fabiana. Mas se entendi bem, tinha muito barulho, ele disse que ela não pode vendê-la sem casar. Você acha que temos condições para administrá-la daqui?

Bobby não respondeu de imediato. Começou a dirigir e olhando para Pearl negou com a cabeça, sem explicar que era por causa do tráfego caótico em direção à Praia de Ipanema. Assim que o sinal ficou verde, ele buzinou para o carro à frente, indicando que deveria se mover.

— Pai, eu não quero morar em Selvita — reclamou Fabiana.

Bobby sorriu e fez algumas perguntas às crianças sobre a viagem. Manuelito disse que mal podia esperar para revelar as fotos. Fabiana disse que nunca deixaria o Rio para viver no fim do mundo.

***

Glorieta estava reclinada em sua cama.

Sua casa com dois quartos era escura. No quarto dela assim como na sala de estar, cortinas escuras cobriam as janelas voltadas para a rua. No aposento onde se encontrava, havia uma televisão preto e branco em cima da cômoda de seis gavetas, em frente à sua cama. Um telefone rotativo preto estava sobre o criado-mudo, cuja gaveta sempre continha uma caixa de chocolates.

No quarto de Johnny, um pôster do 'Nascimento de Vênus' do artista Botticelli adornava a parede.

A casa não tinha garagem e Glorieta nunca conseguia estacionar em frente à sua porta.

O telefone tocou. Degustando bombons, entre um sabor e outro, ela atendeu, ouvindo e rolando os olhos, antes de se declarar:

— Obrigada por lembrar do meu aniversário. E, sim, querida, pode acreditar nas minhas palavras. Fazenda Santa Fabiana será minha. — Dando de ombros, Glorieta afastou o telefone do ouvido pois a voz do interlocutor havia se tornado estridente. Num tom mais suave, Glorieta acrescentou:

— Claro, seu também, é isso que eu quis dizer. Se tudo correr de acordo com os planos, vamos compartilhar. Um dia, minha parte será meu presente de aniversário. — Escondendo sua irritação, Glorieta encerrou a ligação, franziu as sobrancelhas, e bateu o telefone com força no gancho.

Nos dias seguintes, Glorieta passou a adicionar mais camadas de rímel aos seus olhos, como se cada camada pudesse ocultar as frustrações que a consumiam. Desabafou suas frustrações em seu filho adolescente, Johnny, seu ex-marido, João, e em Cida, sua dedicada empregada. Seu descontentamento se manifestou em palavras afiadas, especialmente quando referia-se a Jackson, a quem passou a chamar de 'o ermitão falecido'.

— Ele não tinha família e me fez acreditar que a fazenda seria meu presente de aniversário. Jamais vou deixar aquela pirralha de sua neta ficar com a minha terra. Vou conseguir a escritura do terreno e, junto com Monlevade, transformaremos essa fazenda em um hotel de luxo e faremos uma fortuna.

Glorieta estava segurando uma caixa de chocolate em seu colo quando, Johnny entreabriu a porta segurando uma requisição de autorização para uma excursão escolar. No entanto ao notar a caixa, ele ficou animado e pediu um chocolate.

— Olhe-se no espelho — ela gritou.

Diante da resposta desanimadora, Johnny suspirou e retirou-se para seu quarto. Lá, ele recorreu mais uma vez à sua prática de falsificar a assinatura de sua mãe nos formulários escolares. Enquanto contemplava o teto, invocava 'Anjo! Anjo!' como se esperasse por uma intervenção celestial para aliviar suas frustrações.

1980 - Selvita
Sedução

Glorieta levantou-se da cama, selecionou um vestido que se abotoava inteiramente na frente e adornou a faixa da cintura com uma camélia de seda. Penteou seus cabelos curtos e aplicou um perfume barato que podia comprar: cítrico dominado pelo álcool e de evaporação rápida. Em seguida, dirigiu-se ao único banco em Selvita e solicitou uma reunião com Vice-Presidente Prestle. Prestle, um septuagenário com um sorriso maroto em seu rosto redondo, levantou-se para cumprimentá-la com um aperto de mão. A luz do interfone piscou, ele apertou o botão e escutou a secretária:

— Senhor Prestle, sua ex-mulher está na linha dois.

Prestle ignorou e voltou sua atenção para Glorieta. A secretária bateu, entreabriu a porta e espreitou por dentro da sala de Prestle. Exibindo uma expressão séria e voz controlada, ela informou:

— Desculpe interromper, mas sua ex-mulher disse que é uma emergência. Ela está agora na linha três. — Aguardou pronta para fornecer mais detalhes se necessário, e sua postura indicava que essa mensagem demandava prioridade.

Prestle gesticulou para a secretária fechar a porta, e com um sinal de mão, pediu um momento a Glorieta.

Concordando, Glorieta desviou o olhar para as fotos na parede. Ao ouvi-lo sussurrar para a ex-esposa que já não havia mais nada entre eles, ela arqueou as sobrancelhas e com discrição desabotoou um botão da blusa e um da saia de seu vestido.

Prestle encerrou a ligação e com um sorriso de satisfação convidou Glorieta a se sentar.

Com um ar de indiferença, ela escolheu uma poltrona confortável perto da janela, ergueu o torso, exibindo boa parte de seu busto, e cruzou as pernas. Embora Prestle estivesse na casa dos setenta anos, pelo menos trinta anos mais velho que ela, Glorieta ficou encantada ao vê-lo olhando furtivamente para seu exuberante decote. Após as saudações iniciais, ela disse que queria falar sobre uma propriedade específica. Disse que em breve ele receberia a visita de um investidor chamado Monlevade, o proprietário de Sandy Lagoons.

Prestle ofereceu café.

Ela se inclinou para a frente para mostrar mais do seu decote e perguntou:

— Alguma coisa mais forte?

— Uísque! Gostaria?

— Absolutamente.

Prestle atravessou a sala até a mesinha de bebidas. Tirou os óculos e abriu uma das garrafas.

Glorieta se postou atrás dele. Quando ele se virou para entregar a bebida, o rosto dele estava na mesma altura do seu busto. Ele riu e brindou:

— A um relacionamento gratificante.

Prestle serviu uísque repetidas vezes. Embriagada, ela piscou para ele e indicou a porta. Prestle entendeu a mensagem e a trancou. Com um gesto sedutor de suas unhas vermelhas ela o encorajou a se aproximar. Ele obedeceu e parou em sua frente, inalando o perfume barato que emanava de seu decote. A partir daquele dia, passaram a ser encontrar secretamente no escritório dele.

Um dia, Glorieta sussurrou algo nos ouvidos de Prestle, que o fez sorrir de felicidade. Aproveitando o momento, ela pediu que ele criasse um cargo para ela no banco.

— Deixe-me pensar nisso, minha Glo.

Após alguns copos de uísque, Glorieta tocou na base de seu pescoço com suas unhas compridas e penteou seu cabelo para cima. Ele se derreteu.

— Prestle, meu querido, há duas coisas que faço excepcionalmente bem - almoçar e fazer compras. Posso levar seus clientes importantes para almoçar e posso comprar roupas que você gostaria que eu usasse. Que tal?

Prestle gostou da ideia e mencionou que tinha uma grande atração por sutiãs de renda sensuais.

Dedilhando o peito de Prestle ela provocou:

— Pervertido! — E rindo de sua expressão confusa, continuou: — Adorei sua sugestão.

Glorieta começou a receber um salário regular de Prestle e passou a constar como conselheira do banco. Antes de trabalhar para o prestigiado vice-presidente, ela dirigia um carro compacto. Mas, após assumir o cargo de representante bancária, trocou seu carrinho modesto por um Mercedes novo, fornecido pelo banco.

Ela adquiriu roupas de grife, acessórios, calçados e fragrâncias, justificando tais despesas para Prestle, por ser agora porta-voz do banco. Discretamente, sem que Prestle estivesse ciente, ela economizava nos almoços de negócios, solicitando itens de menor valor para os clientes e transferindo a diferença para sua conta pessoal. Em seguida, retornava ao banco e desfilava sua mais recente lingerie para Prestle, permitindo que ele se deleitasse com a essência que emanava do decote.

Meses depois, Glorieta pediu a Prestle que concedesse uma oportunidade de trabalho para Johnny, agora com dezoito anos, como caixa bancário. Em um curto período, reconhecendo os serviços valiosos de Glorieta, Prestle promoveu Johnny ao cargo de gerente concedendo-lhe uma sala com janela.

***

No Rio de Janeiro, o pai de Fabiana trabalhava para uma empresa de contabilidade. No final do ano, fecharam o escritório mais cedo para a celebração do tradicional amigo secreto. Os funcionários trocaram presentes e desfrutaram de diversos comes e bebes. Às sete da noite, Bobby conferiu o relógio e saiu do escritório às pressas.

Ele compartilhava seu aniversário com Pearl, e sua família o esperava para a comemoração com um bolo decorado pelos filhos.

Fabiana colocou uma vela de número 35 para Pearl, e Manuelito, uma vela de número 36 para Bobby, nos respectivos cantos do bolo retangular.

A chuva caia torrencialmente e os relâmpagos rasgavam o céu. O para-brisa do Fusca de Bobby estava desgastado, dificultando a visibilidade durante a chuva pesada. A luz ofuscante dos faróis que se aproximavam também comprometia sua visão. Nesse cenário, ele se chocou contra um Fiat guiado por uma mulher recém-casada. Ambos perderam suas vidas de forma abrupta e instantânea.

Era quase meia-noite. Pearl convenceu seus filhos que Bobby estava trabalhando até tarde e pediu que fossem dormir. Embora relutantes, eles obedeceram. Pearl não conseguia fechar os olhos atormentada pela intuição e pela possibilidade de ser abandonada pelo marido.

Na manhã seguinte, ela ligou para o escritório e conversou com a secretária, que informou que Bobby não estava presente.

Algumas horas mais tarde, oficiais da polícia bateram à porta de Pearl. Solicitaram que ela os acompanhasse até o necrotério. Ao identificar quem jazia na mesa, Pearl não conseguiu segurar o choro profundo. Com a voz embargada, confirmou que o falecido era seu marido.

Em casa, com lágrimas rolando pelo rosto, deu a trágica notícia aos filhos. Eles se abraçaram e choraram juntos.

Todo o pessoal do escritório de Bobby expressou suas condolências e marcou presença no funeral.

***

25

A família da mulher falecida iniciou um processo judicial e como consequência, o tribunal responsabilizou Bobby pelo acidente. Para cobrir despesas legais, o veredito e as dívidas pendentes, o apartamento, os móveis e o carro da família de Fabiana foram leiloados. Exceto por uma poupança educacional destinada aos filhos, Pearl, que havia sido dona de casa durante toda a vida, encontrou-se sem recursos e sem uma fonte de renda. Após várias noites em claro, ela se lembrou da Fazenda Santa Fabiana, a herança deixada por seu falecido pai.

Durante o jantar, ela comunicou a Fabiana e Manuelito sua decisão de se mudarem para Selvita.

Fabiana reagiu com firmeza, dizendo que preferiria morar com Clara a retornar para o que considerava ser o fim do mundo. Pearl lembrou-a de que possuíam uma casa em Selvita, e Fabiana tinha a Fazenda Santa Fabiana. Ambos os locais precisavam desesperadamente de cuidados e atenção.

Manuelito ficou entusiasmado pois tinha uma grande paixão por fotografia e ansiava pelas chances de capturar imagens da vida selvagem. Além disso, solicitou à mãe uma câmera Polaroid.

— Por que? — interveio Fabiana.

— Para ver as fotos reveladas imediatamente — respondeu Manuelito.

Fabiana pediu a Pearl para dar a Manuelito a câmera Polaroid apenas se ele tirasse fotos dela. O garoto não ficou feliz com a ideia, mas como estava ansioso por receber a câmera, disse:

— Claro. Vou estabelecer algumas regras e tirar suas fotos. Sim! Com prazer, mana!

***

Um ano após o trágico acidente de carro e morte de seu pai, Fabiana se despediu de Clara, dizendo: — Não posso acreditar que vou morar no meio do nada. Prometo voltar e te visitar.

No dia da viagem, Manuelito correu para pegar o assento da janela tanto no avião quanto no ônibus. Durante o trajeto de ônibus, colocou a câmera na janela brincando com a irmã:

— Caso os olhos brilhantes de um jaguar apareçam na densa selva. — No entanto, a estrada irregular logo o levou a um sono profundo.

Onda de Calor e Tesouro Escondido

O ônibus adentrou Selvita e passou pelo grande termômetro instalado na Rua Principal. Fabiana, de dezessete anos, reclamou:

— 40 graus de novo? — Enxugou o suor da testa.

— Não faça isso. Deixe o suor evaporar — advertiu Manuelito.

A umidade deixara o cabelo curto de Fabiana, ao estilo de Lady Di, cacheado e arrepiado. — Existe algum salão decente nesse lugar? — Fez uma careta e olhou ao redor constatando apenas simples lojinhas.

A família se instalou na casa de infância de Pearl. Havia dois pequenos celeiros no quintal. Fabiana escolheu o mais alto e disse que o transformaria em um estúdio de arte. Pearl colocou uma prateleira no quintal e começou a experimentar com germinação de sementes. Ela suspendeu batatas-doces com palitos de dente em recipientes com água e esperou as raízes brotarem.

Manuelito, agora com onze anos, explorou o celeiro menor e descobriu uma bicicleta *Caloi* de uma única marcha. O selim de couro estava rasgado, mas coberto com fita adesiva, e a garupa traseira enferrujada. A bicicleta era ideal para sua estatura mediana. Além disso, encontrou uma antiga câmera Pentax. Pearl, ao ver os itens, confirmou terem pertencido ao seu falecido pai. Um dia, após as aulas, Manuelito comprou um novo selim, pneus e removedores de ferrugem. Ele se divertia trabalhando na restauração da bicicleta.

Em um dos dias de 40 graus, Manuelito reuniu sua mãe e irmã no quintal. Como um mágico, ele retirou lentamente a capa que cobria sua bicicleta. Pearl e Fabiana parabenizaram o orgulhoso garoto.

— Espere, a surpresa ainda não acabou. — Retirando a capa do guidão, mostrou a surpresa para a mãe.

Pearl aplaudiu com alegria e disse:

— A cesta da frente é perfeita para entrega de meus produtos. Que maravilha, filho!

Fabiana reparou as gotas escorrendo pelas garrafas de refrigerante respingando na cesta da bicicleta e comentou:

— Até as garrafas transpiram aqui.

Manuelito deu de ombros e ofereceu-lhes as bebidas. — Acabei de retirá-las da geladeira. Não faz nem cinco minutos. Olha só o vapor saindo da garrafa, mana.

Eles se abanaram e tomaram a bebida morna embaixo de uma mangueira.

***

Uma tarde, Manuelito voltou para casa com um rolo de filme Kodak comprado na loja de fotografias de Selvita. Colocou o filme na Pentax, passou a alça da câmera em seu torso e deixou um bilhete na mesa de jantar:

—Vou dar uma volta de bicicleta. Volto logo.

Parada à porta de seu estúdio, Fabiana observou enquanto seu irmão subia em sua bicicleta. Perguntou para onde ele ia.

— Pra sua fazenda. Quer vir junto?

Fabiana balançou a cabeça para os lados.

— Nesse caso, tchau — ele acenou e começou a pedalar.

— Não, espere. Eu vou com você — Fabiana gritou enquanto corria atrás dele e, eventualmente, pulou e sentou-se na garupa.

— Você está trazendo a arma tranquilizante?

— Não só isso, como também um manual ilustrado — Manuelito disse.

No caminho, pararam para tirar fotos dos pássaros no pântano ao longo da estrada de terra, dos ipês rosa e dos tucanos que encontraram empoleirados em palmeiras.

Quando chegaram à entrada da fazenda, desceram da bicicleta, esticaram os músculos contraídos e apreciaram a vista panorâmica.

— Mana, não sei como você não gosta daqui. Acho isso aqui um paraíso.

— Sério? A árvore de flores cor-de-rosa é linda. Mas veja aquelas árvores altas ao longe. As de galhos secos parecem sem vida.

— Aqueles galhos oferecem estrutura para ninhos. Quer saber que pássaro fez o ninho naquela árvore? — Manuelito segurou sua câmera e deu um zoom no ninho.

— Aquele monte grande de galhos secos? Aquele ninho naquela árvore parece estar em ruínas, assim como esta fazenda.

— Quer saber ou não?

— Saber o quê?

— O pássaro que fez o ninho.

— Eu sei. Chama-se tuiuiú, seu sabe-tudo.

— Bem, o nome certo é Jabiru. De qualquer forma, este lugar é fantástico.

— O vovô deveria ter vendido. Este lugar requer muita manutenção e dinheiro, que não temos.

— De qualquer forma, acho que você poderia fazer uma placa melhor para substituir aquela — Manuelito disse apontando para a placa que dizia: PROPRIEDA-- PRIVA--.

Manuelito subiu na bicicleta e pediu:

— Sente-se, vamos indo.

Assim que Fabiana colocou os braços ao redor de sua cintura, ele começou a pedalar. — Quero ver um jaguar — disse fazendo sua imitação do rugido do animal.

— Pare com isso! — Fabiana bateu levemente no braço dele. — Seu miado patético pode atrair um.

— E o que você está vestindo não vai? Botas de pele de cobra? Blusa parecendo pele de ... de jacaré?

— São rosetas. Padrão rosetas de jaguar. Não de jacaré, seu bobão. Mas, sério, eu tenho medo de cobras e jacarés e jaguar...

— Você se preocupa demais, mana. Cobras não podem perfurar suas botas. Mas podem ficar bravas quando reconhecerem a pele de cobra de sua bota e sibilar pra você — Manuelito riu alto. — E se você se deparar com um jaguar, você tem que se esticar pra ficar grande. Isso é o que o vovô me disse.

Eles seguiram pela estrada coberta de pedregulhos que estalavam sob os pneus da bicicleta. Manuelito avistou o lado de um celeiro deteriorado entre a densa folhagem. Desceram da bicicleta e a deixaram encostada em uma palmeira. Manuelito afastou a vegetação com as mãos.

Algo fez barulho nas folhagens à esquerda deles.

— Pegue a arma tranquilizante — Fabiana disse. Então ela viu que eram tipo de cegonhas brancas e relaxou um pouco. — São apenas pássaros.

— Siga-me. — Manuelito adentrou-se no matagal e Fabiana o seguiu, observando tudo ao seu redor.

A alguns metros de distância, Manuelito disse:

— Olhe, um celeiro perto do rio. Parece queimado. Quer ver?

— Não — Fabiana puxou sua camisa. — Vamos voltar pra casa. Já fomos longe demais. Não vamos correr riscos.

Sem que eles soubessem, naquele momento, um jacaré se arrastava pelo lado direito do celeiro.

— Tá bom. O último a chegar à bicicleta vai a pé pra casa — Manuelito disse, correndo de volta para a bicicleta. Começou a pedalar pela estrada, vendo Fabiana correndo atrás, pedindo para ele esperar. Manuelito finalmente diminuiu a velocidade perto da entrada da fazenda e se contorceu. — Pule e segure firme, pois vou voar. Vamos! Rápido! Preciso ir ao banheiro.

Tentando recuperar o fôlego, Fabiana sentou-se na garupa e advertiu:

— Nunca mais faça isso de novo.

Assim que chegaram em casa, ela pulou da bicicleta e correu para dentro de casa.

— Que cheiro de comida deliciosa — ela disse a Pearl antes de correr pelo corredor em direção ao banheiro.

Manuelito estacionou a bicicleta no quintal, entrou e perguntou:

— Mãe? A janta tá pronta? Estou com fome de leão. — E correu para o banheiro. Pulando, bateu na porta, suplicando:

— Vamos, mana. Desculpe, de verdade desculpe. Eu preciso usar o banheiro.

— Vá lá fora — Fabiana gritou, estudando seu rosto no espelho. Alguns minutos depois, imaginando que Manuelito havia aprendido sua lição, ela finalmente cedeu e foi se juntar à mãe à mesa de jantar.

Momentos depois, Manuelito se juntou a elas, respingando água de suas mãos molhadas em Fabiana antes de se sentar.

— Obrigada — Fabiana disse. — Isso é tão refrescante.

Pearl serviu uma fatia da torta de palmito para cada um e os observou comer.

— Delicioso, gostei muito — disse Fabiana.

— Ainda estou com fome. Mais, por favor — Manuelito avançou seu prato enquanto engolia o último pedaço.

— Mãe, vimos o celeiro — disse Fabiana avançando seu prato para outra porção.

— Que celeiro? Oh! Não me diga que vocês foram à fazenda.

— Sim — disse Fabiana. — É minha propriedade, né?

— Houve um incêndio lá? — Manuelito perguntou.

— Sim. Aconteceu em 1972. Estávamos morando no Rio. Você era um bebê, Manuelito. Ouvi no rádio e liguei imediatamente para meu pai. Mas ele nunca atendeu. Liguei pro fazendeiro vizinho, o hospital e o corpo de bombeiros, e falei com o chefe, que disse ter falado com meu pai e que ele tinha planos de reconstruir a fazenda.

Ele também mencionou que meu pai havia se mudado para a cidade, para esta casa, e tinha uma cuidadora morando com ele.

— Lembro-me dela quando viemos visitar o vovô — disse Fabiana.

— Não, querida. Eu nunca soube quem era a senhora, mas ouvi dizer que era uma mulher mais velha. Mas falando da Glorieta, eu me reconectei com ela.

— Sério? Ela foi tão fria conosco quando o vovô morreu — disse Fabiana.

— Bem, eu cresci aqui. Depois que me casei e me mudei pro Rio, aqueles que eu conhecia naquela época não moram aqui.

— Mas, mãe, ela é tão estranha. Por que a senhora precisa dela?

— Sim, a esquisita da Glorieta — acrescentou Manuelito.

— Filhos, sem xingar, por favor. Abri uma conta comercial e solicitei uma linha de crédito. Glorieta ligou para me dar as boas-vindas ao banco e dizer que meu pai foi muito gentil para com ela. Eu falei sobre alugar um local e começar meu serviço de refeições, e ela disse que pode me arrumar alguns clientes.

— Sobremesa? — Manuelito quebrou o silêncio que se seguiu.

— Claro. Meu mousse de maracujá.

Pearl entregou aos filhos um formulário estruturado em quatro colunas: Descrição, Como Melhorar, Nota e Comentários, bem como várias linhas em branco. As descrições de hoje referiam-se à torta de palmito e o mousse de maracujá.

— Por favor, preencham, okay? Sei que gostaram, mas me digam se há algo que eu possa fazer para melhorar minha receita.

Na coluna Como Melhorar, Manuelito escreveu 'tirar fotos', e Fabiana sugeriu alguns 'marcadores com o nome da torta e do mousse'. Ela prometeu que pensaria em uma maneira de criá-los. Quanto à Nota, ambos deram um oito para a torta de palmito. Fabiana comentou que a massa era muito pesada para o clima da região.

Manuelito disse que estava um pouco salgado. O mousse de maracujá, recebeu um dez. Era leve e refrescante.

Nos dias e noites seguintes, Pearl serviu novas receitas, e Fabiana e Manuelito avaliaram e preencheram os formulários. Broa de milho, nota dez. Torta de cebola, nota sete - boa, mas muito pesada para o calor da selva. Sugestão: pedaços menores. Mousse de abacaxi, nota dez. Todas as noites, Pearl se regozijava lendo os comentários e notas de seus filhos antes de se acomodar para dormir.

***

Mesmo não sendo um ano bissexto, no último dia de fevereiro de 1982, Pearl e Manuelito surpreenderam Fabiana com um bolo de aniversário.

— Felicidades pelos seus dezoito anos, querida filha.

— Sim! Parabéns, mana. Vou tirar sua foto quando ganhar minha Polaroid.

— Mas você tem a câmera Pentax do vovô.

— Essa é pra fotos da natureza. Além disso, sei que você quer ver sua foto imediatamente. Como você sabe, meu aniversário está chegando, e há duas coisas que eu gostaria de ganhar. Um ingresso pro Rock in Rio e uma câmera Polaroid.

— Só isso? — Provocou Fabiana.

Pearl riu da conversa dos filhos e foi para o quarto ler suas correspondências. Ela abriu o envelope do Banco de Selvita e disse animada — Finalmente!

Abrindo Negócios

No mês seguinte, Pearl surpreendeu Glorieta ao ligar para informar que já havia iniciado seus negócios. Tinha alugado uma casa de quatro quartos na Rua Principal, transformado um dos quartos em seu escritório, e organizado a cozinha.

Do outro lado da linha, revirando os olhos, Glorieta perguntou se Pearl ia adicionar o eletrodoméstico mais recente e imprescindível - o micro-ondas. Pearl disse que não podia comprar nem o micro-ondas nem uma máquina de lavar louças, mas Lourdes, sua ajudante, não se importava de lavar tudo à mão.

— Lourdes tem obsessão por lavar o chão com sabão e água — Pearl revelou a Glorieta, encerrando a conversa com uma gargalhada.

Glorieta bateu o telefone e pegou uma caixa de chocolates, devorando o pacote inteiro em poucos minutos. Em seguida, com um semblante raivoso no rosto, reclamou:

— Pearl, não espere que eu te leve pra almoçar! Isso não vai acontecer.

A última coisa que Glorieta queria era se encontrar com Pearl. Mais tarde, no banco, sentada no colo de Prestle, e acariciando seus cabelos, ela insinuou a dificuldade de Pearl em quitar o empréstimo. Sugeriu que em vez de almoço de boas-vindas, Prestle comprasse sanduíches de Pearl para os funcionários.

***

Fabiana e Manuelito foram ao banco entregar o pedido. Manuelito esperava do lado de fora, sob a copa de uma árvore, enquanto Fabiana colocava os lanches na recepção. Johnny, agora com vinte anos de idade, passou por ela e mal se conteve ao ler I Love Rio estampado na camiseta de Fabiana.

Johnny sorriu. E seus olhos cintilando com um brilho travesso adicionavam um toque de charme à sua expressão. O sorriso carregava uma aura sedutora, como se estivesse prestes a se envolver em alguma travessura divertida. Perguntou:

— Nós já nos conhecemos? Eu nunca esqueço um rosto. — Esperou pela reação de Fabiana. — Sou eu, o cara da escola. Você me salvou dos valentões há cinco anos? Você se lembra de mim? Você estava buscando um padre. E estava usando uma camiseta com as palavras I Love Rio.

Fabiana estudou o rosto com barba cuidadosamente aparada de Johnny. Isso contrastava com a imagem do jovem adolescente com medo. — Você, aquele garoto? Como você está? O que você está fazendo aqui? Você trabalha aqui?

— Sim, como gerente. Eu sou o Johnny, aliás.

— Prazer em encontrar você novamente, Johnny Aliás — ela disse com um sorriso.

Ele não a corrigiu e disse:

— E você é?

— Fabiana.

— Há algo que eu possa fazer por você? Por exemplo, posso te mostrar a área se quiser. Isso é o mínimo que posso fazer.

— O que você quer dizer?

— Sempre quis te agradecer por me defender. Se você estiver livre...

Entediada desde que se mudou para Selvita, Fabiana interpretou o convite de Johnny como um bom sinal. Ela disse: — Okay. Encontre-me amanhã na firma da minha mãe. O endereço está na fatura.

— Espera, já pagamos esta conta?

— Não.

— Aqui está — Johnny tirou dinheiro de sua carteira e pediu à recepcionista para carimbar PAGO no recibo. — Amanhã, a que horas?

— Que tal quatro da tarde? — ela sugeriu.

Ele sorriu e assentiu.

No dia seguinte durante o almoço, enquanto comia purê de batatas feito por Cida, Johnny disse:

— Cida, nenhuma cozinheira no mundo se compara a você. Você sempre será minha cozinheira favorita. Mas, vou me encontrar com um anjo cuja mãe acabou de começar um serviço de refeições. Não se preocupe. Há lugar para muitas cozinheiras na minha vida.

Cida sorriu satisfeita.

Depois de um breve cochilo, Johnny se preparou para encontrar o 'anjo'. Cida disse que ele estava muito elegante. Ele estava prestes a girar a maçaneta quando a porta se abriu. Era Glorieta. Nem bem deu um passo, empinou o nariz para o ar e disse:

— O que é esse cheiro horroroso? Johnny, eu pedi pra você se livrar dessa colônia barata. Vá. Tome um banho.

— Ele tem uma reunião importante — interveio Cida.

— Com quem?

— Um anjo — disse Johnny.

— A mãe dela é uma cozinheira — Cida voluntariou.

— Não me diga que você vai encontrar Fabiana?

— Sim, vou.

— Nesse caso, você definitivamente precisa tomar banho, meu filho - para impressioná-la. Eu tenho a colônia especial que comprei pro Pr, huh, pra você. Vai! O que você está esperando? Não há tempo a perder discutindo. — Glorieta o empurrou em direção ao banheiro.

— Pare, mãe. Foi só um peido. Eu vou assim mesmo e vou chamar um táxi para...

Escondendo sua irritação com um sorriso, Glorieta disse:

— Espere aqui. Vou chamar o Mike para ver quando seu carro ficará pronto.

Ignorando o protesto de Johnny de que ele já havia ligado para o mecânico, ela foi para o quarto, discou não para o mecânico, mas para um outro número, e sussurrou:

— Alô? Tenho boas, não, uma ótima notícia! — Ela parou de falar para ouvir e em seguida disse:

—Tenha paciência. Monlevade esteve internado e retornou aqui há apenas alguns dias e me entregou um tubo com a planta arquitetônica pra fazenda. ... Sim, eu confio nele.

A voz do outro lado da linha era irritante. Glorieta parou de ouvir e devaneou. Sua mente estava em seu recente encontro com Monlevade.

— Meu bem — ele havia dito, beijando seu pescoço, e desabotoando sua blusa de seda para acariciar seu colo destacado e rechonchudo. — Vou avaliar a área.

— Bom. Vou guardar este tubo da minha fazenda. Mas... espere aí. Cadê minha garantia?

Monlevade apontou para sua conta escrita à mão no canto superior do papel.

Glorieta leu em voz alta, saboreando cada palavra:

— Meio menos meu é igual a meio menos seu.

— Feliz? — Ele perguntou.

— Sempre se vangloriando como um calculador ambulante, né? Vou escrever algo melhor.

Glorieta voltou sua atenção para a ligação telefônica.

— Se você continuar interrompendo, não vou contar a novidade. ... Johnny vai se encontrar com Fabiana. Por enquanto, vamos torcer para que eles namorem e se casem. Vou te contar os detalhes depois. Tchau, tenho que ir.

Após desligar, Glorieta pegou uma caixa embrulhada para presente em cima da cômoda. — Vou comprar outro pra você, Prestle

— dizia enquanto desembrulhava e colocava a colônia Brut em sua bolsa. Voltando para a sala, ela segurou Johnny pelo braço e disse:

— Vou te levar. Você vai lá na firma de Pearl, né? Vamos.

Resignado, Johnny olhou para Cida, e ambos balançaram a cabeça.

O termômetro na Rua Principal indicava 40 graus Celsius. Parados no sinal vermelho, Johnny enxugava o suor do rosto e se ocupava em ajustar o ar condicionado no carro, enquanto Glorieta pegava a colônia Brut. Despejou o equivalente a uma colher de sopa em suas mãos e aplicou com tapinhas no pescoço, cabelo e braço de Johnny.

— Pare! Passei Azzaro — ele dizia tentando em vão se esquivar da mão de Glorieta.

— Este aqui é de melhor qualidade. Você vai cheirar como um príncipe. Fique dentro da firma. Me chame quando quiser voltar — ela disse e buzinou para o carro à frente deles se locomover.

— Você não precisa entrar, mãe. Por favor, não venha me buscar também.

— Tudo bem. Chegamos. Vá! — Glorieta deixou Johnny e deu a volta no quarteirão. Sem que ele percebesse, ela estacionou do outro lado da rua, sob uma árvore, com uma boa vista da firma de Pearl.

Momentos Doces

Fabiana usava uma blusa leve de mangas compridas e calças khaki. Ela abriu a porta da frente e saiu porque Lourdes estava lavando o chão com sabão. Fabiana brincou:

— Não quero que você escorregue e quebre o pescoço. Aonde vamos?

Glorieta viu Johnny e Fabiana caminhando na direção oposta de onde ela estava estacionada. Suas mãos estavam no volante enquanto ela dizia em voz alta para si mesma:

— Johnny, se você suar como um porco, é sua culpa. Eu não disse pra você ficar dentro de casa?

Johnny desabotoou o botão do colarinho e abanou o rosto com as mãos.

— Bruto — ela disse com um forte sotaque, inspirando o ar.

Ele sorriu, ligeiramente constrangido:

— O quê?

— Sua colônia. Era a que meu pai, que descanse em paz, usava.

— Ah! — disse, descontraindo-se. — O máximo que consigo andar usando Brut é dez minutos até a sorveteria. Não gosto de misturar colônia com suor.

Johnny pediu as casquinhas de sorvete, e Fabiana conseguiu uma mesa sob uma mangueira repleta de mangas e de periquitos verdes barulhentos. Johnny ofereceu a ela seu sorvete, e ela se inclinou mais perto para experimentá-lo. Eles riram da sua desajeitada tentativa. Apontando a mancha de sorvete em seu queixo, ele disse:

— Você tem o que eu chamaria de queixo doce.

Gotas de sorvete derretido caíram no colo de Johnny, manchando suas calças. Enquanto Johnny limpava a mancha com seu guardanapo, ele conseguiu fazê-la rir ao dizer:

— Melhor isso do que cocô de passarinho.

Johnny tinha certeza de que iria acompanhar Fabiana de volta para a firma de Pearl. Arqueou a sobrancelha quando ela disse que a firma estaria fechada a esta hora e que morava a cerca de trinta minutos a pé da sorveteria.

A testa e o rosto rechonchudo de Johnny brilhavam de suor. Ele passou o guardanapo no rosto, e o guardanapo, com vestígios de sorvete, fez seus olhos arder.

— Água! — ele pediu, fechando os olhos.

Fabiana foi até o caixa e pediu um copo de água. Ela voltou e disse:

— Johnny, desculpe. Não tenho dinheiro.

— Ei, não é água pra beber. Meus olhos estão ardendo. Água da torneira serve. Diga ao caixa que eu pago depois. Rápido!

Fabiana conseguiu um copo de água e guardanapos e segurou o riso quando Johnny tentou mergulhar o guardanapo no copo com os olhos fechados. Disse-lhe:

— Deixa que eu faço.

Ele inclinou a cabeça para trás e deixou Fabiana aplicar o guardanapo molhado em seus olhos. Após alguns minutos, ele suspirou aliviado e disse:

— Você é um anjo. Você me salvou novamente.

Quando chegaram à casa de Fabiana, seus rostos estavam vermelhos e gotejando. Eles se abanavam com as mãos. Para disfarçar o odor corporal, Johnny colheu uma rosa do jardim de alguém e a agitou sob o nariz de Fabiana.

— Uma rosa para uma rosa. Cheira bem, né?

Fabiana levou Johnny ao seu estúdio de arte e mostrou a ele algumas de suas ilustrações de formas geométricas. Johnny olhava e dava de ombros.

— Interessante. Mas, para ser sincero, não entendo nenhum desses rabiscos.

Nos próximos dias, Johnny fez pedidos de lanches da firma de Pearl para serem entregues no banco. Mas ele sempre ficava desapontado. Quem entregava a comida era Manuelito. Não o *'anjo'*. Ele ligava para Fabiana. No entanto, suas chamadas nunca eram atendidas. Quando não estava comprando material para seu estúdio de arte ou fazendo entregas de comida, ela se sentava em seu quintal apreciando os pássaros tropicais no céu.

Quando conseguiram se conectar por telefone, Johnny disse:

— Fabiana. Se você não estiver ocupada, gostaria de ir comer pizza? Também pode ser sorvete se você quiser.

— Quando?

— Posso te buscar daqui à uma hora.

— Tudo bem.

— Quem ligou? — Pearl entrou na sala e perguntou.

— O gerente do banco, Johnny.

— Johnny? Ele é filho da Glorieta.

Manuelito fez careta. — Sério, filho daquela mulher esquisita?

— Sim. Tenho muito a agradecer à Glorieta. O que Johnny queria?

— Ir comer uma pizza.

— Estou cozinhando seu prato favorito, querida. Quibe de abóbora. Convide-o para ficar pro jantar.

Johnny ficou encantado com o convite e elogiou incessantemente o talento culinário de Pearl.

Nos próximos meses, Johnny alternava jantares preparados por Cida e Pearl. Após o jantar na casa de Fabiana, ele se sentava no sofá ao lado de seu *anjo* e assistia à novela em silêncio sob os olhares atentos de Pearl.

Um dia, Fabiana passou quase uma hora aplicando sua maquiagem, e Johnny cobriu os olhos com as mãos e disse:

— Ai, ai, ai, não. Você e minha mãe podem se dar as mãos e saírem juntas.

Em outra ocasião, Fabiana se aventurou a preparar café para ele. Ele contorceu o rosto com repulsa e reclamou que o café estava excessivamente doce. Pediu-lhe para aprender a cozinhar para ajudar Pearl. Fabiana disse que sua ideia de ajudar sua mãe era simplesmente criar alguns materiais de marketing.

Fabiana começou a ficar irritada com os comentários e observações desfavoráveis de Johnny. Uma noite, ela disse a ele que tinha duas coisas em mente — trabalhar em turismo e viajar pelo mundo. Johnny respondeu que não queria que ela trabalhasse de jeito nenhum. Naquela noite, ela se deitou recapitulando em sua mente a conversa que haviam tido.

"Johnny, eu quero ir ao Rock in Rio. Vou conseguir ingressos.

Bi, quantas vezes preciso dizer que odeio grandes cidades?

Eu quero ir.

Não, Bi, você não quer.

Quero só ver.

Bi, eu disse que não vamos."

Ela ligou o rádio que estava sobre o criado-mudo, escutou música, tentando, em vão, se relaxar.

— Não aguento isso. Absurdo!

A casa estava quieta. Fabiana precisava de um pouco de ar fresco. Lembrou-se do conselho de sua mãe. Se precisasse ir ao seu estúdio à noite, ela deveria levar consigo carne ou a arma tranquilizante como precaução contra a possível presença de um animal selvagem. Ela optou pelo tranquilizante, abriu a porta da cozinha, verificou os arredores, e atravessou o quintal.

Diante de um cavalete, ela começou a desenhar os olhos de Johnny enquanto murmurava para si mesma:

— Nosso relacionamento é tão sem graça. A gente apenas senta na frente da TV por horas. Nunca saímos para dançar ou para um show ao vivo. Quer saber? Não vou deixar ninguém me controlar. Preciso viver a minha vida.

***

Dias depois, celebrando seu décimo segundo aniversário, Manuelito foi agraciado com presentes. Sua irmã desenhou de forma criativa uma caricatura divertida dele sobre uma pequena bicicleta. Pearl fez o bolo de aniversário e o surpreendeu com uma câmera Polaroid. Era usada, mas estava em boas condições. Ela tinha negociado a câmera com um de seus clientes. Manuelito estava contente. Tirou as primeiras fotos de sua mãe e Fabiana, e os três esperaram com entusiasmo que a foto se materializasse diante de seus olhos. O garoto manteve a câmera Polaroid ao lado de sua antiga câmera do Rio e da Pentax em seu quarto.

1984 - Selvita
Rosetas

Patas com garras afiadas moviam-se pelo matagal em direção ao bairro de Fabiana.

O céu noturno com nuvens escuras emanava uma atmosfera intimidante. Ventos fortes agitavam as folhas das árvores, proporcionando um alívio refrescante muito necessário. Os raios e trovões tomaram conta do bairro, deixando-o às escuras, sem energia elétrica.

Reclinada em sua cama, Fabiana ouviu um ruído estranho que a impeliu a se levantar. Era um som que lembrava uma gangorra em movimento misturado com o estrondo de um trovão. Pegou a lanterna que mantinha à mão em seu criado-mudo, aproximou-se da janela e escaneou a área por um momento. Os relâmpagos iluminavam a escuridão, até que eventualmente, ela conseguiu identificar uma figura de quadrúpede escondido atrás de uma árvore. "Um gato-savana?" Ela questionou-se e direcionou a luz da lanterna para o animal. Os olhos do animal cintilaram. Intrigada, ela passou a lanterna pelo corpo e, assustada exclamou:

— Rosetas!

Ela estava ciente do que tinha presenciado. No entanto, surpreendida, parecia que suas pernas se recusavam a mover enquanto o felino a encarava fixamente. Em questão de segundos, o animal desapareceu de vista, apenas para reaparecer logo em seguida, perseguindo uma capivara.

— Rosetas! É um jaguar. Que olhos penetrantes. Querido Deus, nos ajude!

Demorou alguns instantes para Fabiana acalmar seu coração palpitante após o jaguar se afastar.

Na manhã seguinte, carregando um pedaço de carne, Fabiana entrou no estúdio e desenhou rosetas e olhos de jaguar. Pearl veio dizer que Clara estava ao telefone. Antes de sair, Fabiana olhou ao redor. Ela relatou para sua mãe sobre o encontro com o jaguar. Alarmada com a notícia, Pearl envolveu sua filha num abraço reconfortante. Juntas, procuraram por qualquer indício de perigo, enquanto atravessavam o quintal e adentravam na cozinha. Fabiana atendeu a ligação de sua amiga de infância, acenou com a cabeça várias vezes, e entusiasmada disse que ficaria de olho no correio.

Todos os dias, Fabiana esperava pelo carteiro. Enquanto aguardava a carta de Clara, Fabiana, em um momento espontâneo, arrumava repetidamente sua mala na cama. Manuelito passou por seu quarto, curioso. Convidando-o, ela implorou para que ele cuidasse de sua mãe e permanecesse vigilante. Deu-lhe um abraço sufocante, e revelou sua decisão de deixar Selvita.

Manuelito questionou a razão. Ela confessou que sentia estar perdendo sua sanidade e contou sobre o jaguar. Para tranquilizá-la, ele disse:

— Que estranho, mana. Li que jaguares, ou onça-pintada, como são também chamados, geralmente só atacam os humanos se se sentirem ameaçadas ou provocadas - preferem evitar confrontos.

Fabiana revelou seu plano de voltar para o Rio. Surpreso, Manuelito disse que pensava que ela se casaria com Johnny. Fabiana persuadiu seu irmão a prometer que não se tornaria uma pessoa de mente fechada como certos habitantes da pequena comunidade de Selvita. Determinada, ela anunciou sua intenção de explorar o mundo eventualmente.

Quando a carta de Clara chegou, Fabiana sentiu um misto de antecipação e curiosidade. Recostou-se na cama, segurando a carta e sorrindo, abriu o envelope e retirou a página da revista *Manchete* anexada a uma breve nota escrita por Clara, "Estou matriculada. Você se interessaria?"

Fabiana leu as informações com interesse. Uma escola de turismo no Rio de Janeiro estava com as inscrições abertas para seu curso de cinco meses que começaria em setembro. A escola garantia oportunidade de trabalho para os alunos em renomadas empresas de turismo e companhias aéreas. Os critérios para todos os candidatos incluíam proficiência em inglês. Aqueles selecionados pelas companhias aéreas deveriam ter uma altura específica e não poderiam usar óculos que interferissem com a segurança. Fabiana sabia que seu inglês não era perfeito, porém ela era alta. Com esse pensamento reconfortante, ela se ergueu e decidiu tomar um banho.

Momentos depois envolta em seu roupão, ela se deteve diante do pequeno espelho montado na porta de seu guarda-roupa. Aplicou e exagerou na maquiagem dos olhos. Prendeu seu curto cabelo castanho com uma presilha e vestiu seu melhor terninho. Em seguida, foi para a sala de jantar, puxou uma cadeira e aguardou por Manuelito.

Depois de entregar comida para os clientes de sua mãe, o garoto chegou em casa encharcado de suor. Com delicadeza, Fabiana tocou em seu ombro, levou-o até seu quarto, fechou e se recostou na porta.

— Meu querido irmão não faça um escândalo... Eu tenho sua câmera Polaroid.

— Por quê?

— Preciso de um favor. Se você me ajudar, eu te ajudo a ir ao Rock in Rio.

— Nesse caso, o que você precisa?

— Tire uma foto de mim contra esta porta.

— Por quê?

— Por que sim. Vamos.

— Só uma — ele disse, tirando a foto e entregando-lhe o filme que estava saindo da câmera. Ele estava prestes a abrir a porta para sair do quarto, mas Fabiana a fechou novamente. Examinando a foto, ela disse:

— Tire outra. Esta foto não mostra a porta toda.

— Não. Mamãe não vai me comprar mais filmes Polaroid.

— Mas olhe para esta foto. Você cortou a porta. — Atirando a foto na cama, continuou: — Quero minha foto contra a porta inteira.

Ele examinou a foto e disse:

— Por que você está fazendo um alarde sobre a porta? Você está bonita na foto.

— É que quero mostrar minha altura. Quero que eles vejam que sou tão alta quanto uma porta.

— Eles, quem? Quem vai ver a foto?

— Se você prometer não contar pra mamãe, Johnny ou qualquer outra pessoa, eu te conto.

Manuelito não parecia se importar; deu de ombros.

Fabiana revelou:

— As pessoas do Instituto de Turismo. Vou estudar e quero que eles me posicionem na Pan Am. Preciso enviar uma foto mostrando que eu sou alta.

— Você tem que contar pra mamãe.

— Eu conto se eu conseguir o emprego. Então, a foto tem que ser boa. Vamos lá. Tire outra, vai.

Eles ouviram a voz de Pearl adentrando a sala de estar:

— Filhos, cheguei.

— Manuelito, você prometeu. Nem uma palavra para ela sobre isso.

Pearl sentia-se exausta por causa da onda de calor. Ligando o ventilador na sala de estar, ela se sentou no sofá e abanou sua camisa de algodão para se refrescar.

— Oi, queridos —disse quando os irmãos entraram na sala de estar.

— Oi, mãe — disseram sem muito entusiasmo.

— Tudo bem? O que vocês dois estão fazendo? Fabiana, por que essa sombra verde nos seus olhos?

— Nada não, mãe. Manuelito precisa fazer a lição de casa, e eu vou ajudá-lo.

— Vocês dois são tão bons juntos. Oro para que vocês sempre estejam juntos para se ajudarem.

— Mas, mãe — protestou Manuelito, com um tom dramático em sua voz — se Fabiana se mudar, eu não quero ir com ela.

Os olhos castanhos de Fabiana se moveram bravos na direção dele.

— Ninguém está se mudando, querido. Ah! Fabiana, tenho boas notícias pra te dar. Antes de sair do trabalho hoje, tive uma conversa sobre você com minha cliente que é veterinária.

— Sobre mim?

— É, eu disse a ela que você está procurando ganhar dinheiro extra e adivinhe-

— Mãe, eu não estou procurando emprego aqui. Já te ajudo com minha arte.

— Eu sei. De qualquer forma, a veterinária me disse que ficaria feliz em tê-la a bordo como assistente. Você seria a 'assistente da veterinária'! Não é legal? E eu sei exatamente o que você pode fazer lá.

— Mãe, a senhora sabe que eu não quero trabalhar com animais.

— Não, querida, você é boa organizando as coisas, então acho que ela quer que você organize o inventário diário de-

— Acho que a veterinária precisa de alguém do ramo. Agradeça a ela, mas não quero não, obrigada.

Manuelito aproveitou para provocar:

— Ela vai ser aeromoça da Pan Am.

— Pare com isso, seu palhaço — repreendeu Fabiana.

— Pan Am? Mas não tem escritório da Pan Am aqui. Não fica em São Paulo? No Rio? Nova Iorque?

— Sim. Na verdade, quero me inscrever para estudar turismo no Rio. Espere só um minuto. — Ela correu para seu quarto, pegou o artigo da revista *Manchete* e retornou toda alegre, dizendo:

— Olha isso que a Clara me mandou. Este Instituto no Rio pode me posicionar nos escritórios da Pan Am. Primeiro aqui, depois em Nova Iorque. É o meu sonho, mãe.

— Tirei uma foto dela contra a porta do quarto para ela mostrar para as pessoas da Pan Am que ela é alta.

— Lembre-se, filho, filme Polaroid é caro.

— Foi o que eu disse a ela.

— Querida, por que voltar pro Rio? Não acho que seja uma boa ideia.

— Manuelito, pode esquecer o Rock in Rio — Fabiana bufou irritada.

— Mãe, vou me matricular nessa escola porque quero viajar pelo mundo inteiro e me aprofundar em culturas diversas. As comissárias de bordo da Pan Am falam inglês e são altas e bonitas, assim como eu.

Manuelito riu:

— Você é alta e fala inglês, tudo bem. Linda?

— Manuelito, chega de brincadeiras. Vamos pensar sobre isso.

— Mãe, eu entrei em contato com a Clara. Ela já está matriculada e disse que posso morar inicialmente com ela e o marido.

— Mesmo? Não acho bom morar com recém-casados.

— Eu esperei por um curso assim a vida toda, mamãe. Eu finalmente posso usar o dinheiro da minha poupança para algo útil.

Abanando-se Pearl disse:

— E a Fazenda Santa Fabiana? E o Johnny?

— Nós não estamos levando nosso namoro a sério. Ele está em Campo Grande fazendo um treinamento durante todo este mês. Nem se deu o trabalho de me contar pessoalmente. Fiquei sabendo pela secretária dele. E tomei minha decisão, mamãe. Não quero a fazenda. Vovô cometeu um erro. A fazenda requer dinheiro para manutenção, que nós não temos. E o Johnny, bem, ele terá que entender. Vou me inscrever e reservar minhas passagens.

Na semana seguinte, Fabiana mostrou seus bilhetes para Pearl e sorria animada enquanto sua mãe lia:

— Ônibus de Selvita para Campo Grande, dia primeiro de setembro, à meia-noite, e voo da VARIG de Campo Grande pro Rio de Janeiro, ida e volta, no dia dois às dezoito horas. E você retorna em janeiro. Entendi. Nesse caso, está bem, querida.

***

Foi em uma lojinha na rodoviária de Campo Grande que Johnny comprou um anel de noivado.

— Vou propor noivado quando chegar em Selvita — disse ao vendedor.

Ele havia passado um mês longe de Selvita, seu lugar favorito no mundo e estava voltando de ônibus.

Chovia torrencialmente em Selvita.

Cida avistou Johnny do lado de fora do táxi. Com um suspiro preocupado, ela apressou-se em abrir a porta para recebê-lo.

Antes de ir para seu quarto, ele abriu a caixinha azul e mostrou o anel para Cida, que sorriu. Ela o parabenizou, mas também o repreendeu por ter esperado o troco do taxista sem sequer ter um guarda-chuva para se proteger da chuva que caia sem trégua. Por fim, desejou-lhe boa noite e retirou-se.

Johnny andava de um lado para o outro em seu quarto. Sentia-se mal com dores abdominais e com um sangramento no nariz. Ele estava acostumado a lidar com esses sintomas desde a infância, tendo sido diagnosticado com leucemia em estágio inicial aos dezesseis anos, e submetido a tratamento. Sem trocar suas roupas encharcadas, deitou-se e adormeceu, segurando a caixa do anel de noivado sobre seu peito.

Dias depois, sentindo-se um pouco melhor, Johnny decidiu visitar Fabiana. Ao chegar em sua casa, foi recebido por Manuelito e recebeu a notícia de que Fabiana havia partido há apenas alguns dias. Os olhos de Johnny refletiam uma mistura de tristeza e frustração quando percebeu que teria que esperar por outra oportunidade para pedi-la em casamento.

1984 – De Volta à Cidade Grande

Na noite em que Fabiana partiu de Selvita, a chuva que caiu trouxe apenas um alívio passageiro do calor que dominava a cidade. Fabiana abraçou sua mãe e irmão, e entrou no táxi estacionado em frente a sua casa. Acenando-lhes adeus através da janela do táxi, ela seguiu para a estação rodoviária, pronta para iniciar sua jornada rumo a novos horizontes. Após tomar seu assento junto à janela, Fabiana adormeceu durante a viagem para Campo Grande. Na manhã seguinte, ao telefonar para Madame Sophia, ouviu a secretária eletrônica informando que ela estava fora da cidade. Fabiana seguiu para o aeroporto, onde sentou-se na área de espera. Cochilou na cadeira, permanecendo atenta e pronta para ser a primeira da fila quando chamassem seu voo.

A tripulação da VARIG recebeu os passageiros embarcando no voo de Campo Grande com destino ao Rio de Janeiro. Com o bilhete de embarque na mão, Fabiana chegou ao seu assento e tentou acomodar sua frasqueira de maquiagem no compartimento de bagagem. Parecia não caber. Uma aeromoça atenciosa se aproximou e a auxiliou, encontrando um espaço no compartimento ao lado. Fabiana admirou discretamente a aparência impecável e o uniforme azul e branco que a tripulação usava. Queria absorver cada detalhe, afinal, estava a caminho de realizar seu sonho de estudar turismo no instituto de turismo da cidade maravilhosa.

Nem se importou com o assento do meio. Uma senhora de idade já estava na poltrona da janela. Sentando-se, Fabiana disse: — Estou deixando Selvita e voltando pro Rio definitivamente, desta vez.

A mulher parou de ler o cartão de informações de segurança e observou Fabiana ajustar o cinto de segurança.

Com um brilho nos olhos, Fabiana continuou:

— Mal posso esperar pelas coisas maravilhosas que farei ao chegar no Rio.

Olhando por cima dos óculos, a mulher deu um sorriso hesitante e retomou sua leitura. Quando ficou claro que o assento do corredor estava desocupado, Fabiana trocou de lugar, sorrindo para si mesma. Ela ia ser contratada na área de turismo e ser paga para viajar pelo mundo. Mas também uma alta prioridade em sua agenda era conhecer pessoas interessantes. Encontrar um novo namorado? Isso seria um bônus.

Pensando em Johnny, reconheceu:

— Ele é um cara com Selvita no coração. Nunca viveríamos na grande cidade. Com ele, isso está fora de questão. Não. Não me arrependo.

Durante o serviço de bordo, Fabiana admirou a bandeja com utensílios, um copo de vidro e um guardanapo ambos com o logotipo da VARIG. Ela queria guardá-los como recordação, mas ficou quieta quando vieram recolher os itens.

***

Após pegar sua bagagem no carrossel do Aeroporto Santos Dumont, Fabiana dirigiu-se ao portão de saída e, sorrindo abriu os braços para abraçar sua amiga de infância, Clara.

Enquanto colocava a bagagem de Fabiana no porta-malas do Passat de duas portas de seu marido, Clara dizia:

— Nem acredito que vamos estudar juntas mais uma vez. Estou tão feliz por você estar de volta. Fique o tempo que precisar.

— Até o final do curso? Cinco meses não é muito tempo?

Clara começou a dirigir e balançou a cabeça.

Incerta se Clara havia balançado a cabeça em resposta à sua primeira ou segunda pergunta, Fabiana perguntou:

— Você tem certeza? Vou dividir as despesas, viu.

Olhando para ambos os lados e prestando atenção no tráfego caótico, Clara disse:

— Esses motoristas são terríveis! Aquele cara acabou de atravessar na minha frente. Você vai alugar um carro? Fabiana balançou a cabeça.

— Então, a gente vai fazer assim. Meu marido nos leva pro instituto de manhã. Quando não puder, pegamos o ônibus. Apenas pague pela gasolina e compre alguns mantimentos. O que acha?

Fabiana abriu a janela e gritou animada para o céu:

— Acho perfeito. Rio, estou de volta. Eu nunca deveria ter te deixado. Rio, te adoro.

A pedido de Fabiana, pararam em um shopping center. Fabiana comprou flores e presentes para o casal, e um Walkman para gravar as aulas. Citando incidentes de roubos de bolsas, Clara aconselhou Fabiana a não fazer essa compra.

— Não se preocupe. Ele cabe no bolso de minha calça jeans.

Parada à entrada do apartamento de um quarto de Clara, Fabiana parecia ouvir a voz de sua mãe. Recordava quando sua mãe, ao servir uma xícara de café fresco para ambas, havia dito: "Que gentileza da Clara oferecer, mas a casa de recém-casados não é o melhor lugar para visitantes de longo prazo."

Fabiana disse a Clara que não se importava em dormir na área aberta que servia como sala de estar e cozinha compacta. Recebendo instruções para empilhar suas coisas no espaço entre o sofá, que seria sua cama, e a estante da TV, Fabiana agradeceu pela hospedagem.

Desde o início, o marido de Clara estava irritado com a sua presença. Para convencê-lo a deixar Fabiana ficar com eles, Clara havia lhe prometido que teriam mantimentos gourmet em troca. Ele ficou cada vez menos falante à medida que os dias passavam, apesar dos esforços de Fabiana e Clara em escolherem os mantimentos caros que ele gostava de comer.

Um dia, enquanto descansava no sofá, Fabiana ouviu o casal discutindo no quarto. Clara falava em voz baixa, mas o marido berrava:

— Você sabe muito bem que não deixo minha própria família passar nem um final de semana conosco.

— Baixe a voz. Ela é minha amiga de infância.

— E daí? Por quanto tempo a garota da selva vai ficar?

Fabiana pressionou levemente os lábios enquanto ponderava suas opções. Decidida, ela saiu imediatamente, dirigindo-se a uma banca de jornais próxima, onde comprou um jornal e examinou a seção de classificados. Visitou alguns dos quartos listados para alugar e se mudou dois dias depois. Na despedida, Fabiana notou a expressão aliviada nos olhos do marido e o olhar apologético de Clara.

***

Por ora, o quarto na casa estilo fazenda, localizado a uma hora de distância do instituto, seria o suficiente. No entanto, Fabiana estava determinada a continuar sua busca por um lugar melhor.

Depois de receber o pagamento do aluguel de outubro e novembro, o proprietário barbudo pediu que Fabiana escolhesse uma das duas camas e um dos dois armários no quarto. Ele mencionou que esperava alugar o segundo conjunto de cama e armário em breve. Com um piscar dos olhos, ele disse:

— Vamos torcer por uma moça bacana, assim como você.

Pressionando os lábios, Fabiana acomodou seus pertences e a frasqueira de maquiagem no armário. Depois deitou-se abraçando o travesseiro.

Um conjunto de pinturas e fotografias em um canto do quarto despertou sua curiosidade. Fabiana ergueu uma das fotos. A imagem retratava um jaguar descansando com seu filhote em uma selva densa, e seu olhar penetrante a encarava. A intensidade dos olhos do jaguar remeteu Fabiana a seu encontro recente com o felino e de seu avô que tinha vivido em Selvita. Ele havia ensinado a ela e a seu irmão algumas técnicas de sobrevivência caso se deparassem com animais selvagens no Pantanal.

Fabiana aproveitava o longo tempo de viagem de ônibus para estudar ouvindo seu Walkman, que ela mantinha escondido no bolso de seu jeans. Um dia, ao se aproximar de sua parada, ela guardou os fones de ouvido em sua bolsa e percebeu tarde demais que seu Walkman não estava mais no bolso. Sentiu-se constrangida para contar a Clara sobre o sumiço e agradeceu pelo fato de Clara não ter dito, "Eu te avisei".

Um Encontro Em Um Dia Chuvoso

No final de novembro, ao término da aula de Liderança de Eventos, Fabiana se despediu de Clara e permaneceu no instituto. Passava o tempo folheando os guias turísticos na sala adjacente ao escritório da orientadora Janice. Por alguns segundos, seus olhos curiosos encontraram o olhar de um jovem atlético que conversava em inglês com Janice.

— Isso é ótimo! Vamos nos manter em contato — disse o estrangeiro, aproximando-se de Fabiana. Ela voltou sua atenção para as estantes de livros, mas o olhou furtivamente enquanto ele passava.

Alguns minutos depois, Fabiana deixou o prédio a tempo de ver seu ônibus se aproximando do lado oposto da rua. Estava chovendo e ela não tinha sombrinha. Um táxi pareceu parar para ela, mas ao tentar abrir a porta, outra pessoa o fez primeiro. Isso a fez retroceder. Em um movimento quase em câmera lenta, ela acabou batendo a parte de trás da cabeça no torso de um homem que estava atrás dela. Ele a apoiou e ajudou a se endireitar, e logo segurou sua pasta sobre suas cabeças na tentativa de protegê-los da chuva. Esse esforço só serviu para molhá-los um pouco mais. As roupas de Fabiana agora estavam coladas ao corpo, e ela começou a se preocupar. Para se proteger, carregou a mochila na sua frente.

Reentraram rapidamente no prédio. O moço abriu sua pasta, retirou um pacote redondo pequeno e o ofereceu a ela. Enquanto sacudia a água do cabelo, ela arqueou as sobrancelhas como se perguntasse, "O que é isso?" Fabiana podia ouvir a voz de sua mãe ecoando em sua mente: "Nunca aceite coisas de estranhos."

Janice surpreendeu os dois ao se aproximar, e apontou para o pacote nas mãos de Fabiana:

— Olá de novo! Chuva terrível de verão, não é mesmo? Ah! Fabiana, você vai adorar. Obrigada novamente, rapaz. A propósito, rapaz, duas coisas. Primeiro, favor usar os cupons de restaurante que te dei e recomende os mesmos aos seus clientes. Segundo, esta é a garota da qual falei para você. Tenho que ir. Vejo o carro do meu marido ali. Ele não suporta dar voltas no quarteirão procurando estacionamento. Tchau, até mais.

Fabiana sorriu de maneira hesitante e brincou com o cabelo molhado. Apontando para o pacote, perguntou:

— Então, o que há dentro disso?

— Algo que sei que você precisa. Abra e descubra por si mesma.

Fabiana sacudiu-o e permaneceu segurando-o enquanto olhava pela porta de vidro, atenta à chegada de outro ônibus. Notou o jovem gesticulando para que ela abrisse o pacote. Curiosa, cedeu, e desenrolou o produto. Era uma toalha de rosto com a imagem do Cristo Redentor no topo da montanha e o slogan da empresa. Admirando a toalha, ela disse:

— Adoro essa imagem. Que ideia incrível para produto promocional.

Ele sorriu e disse:

— Eu mesmo preciso de uma.

— Demais! Deixe-me ver a sua... a calçada de Copacabana.

Ambos secaram seus rostos e os cabelos e colocaram a toalha nos ombros. Fabiana não sabia o porquê, mas o cabelo molhado e o olhar penetrante do moço faziam seu o coração bater mais rápido.

— Meu nome é Paolo.

— Italiano?

— Americano. E você?

— Fabiana.

Apontando para o andar de cima, ele disse:

— Você estava no Instituto.

— Estou me formando em janeiro. E você?

— Sou representante. Visito escolas em nome da Rio by Night Tours e trago esses produtos promocionais.

— Fantástico!

— Não temos nenhuma excursão hoje. E parece que essa chuva vai durar horas. E como Janice disse, você é a pessoa com quem preciso falar. Gostaria de tomar um drink?

A voz da mãe ecoou em sua mente: "Fique de olho na sua bebida o tempo todo."

— Onde? Esses bares por aqui devem estar lotados - todo mundo está tentando escapar da chuva.

Com o cupom de um restaurante em sua mão, ele sugeriu:

— O que você acha se corrermos na chuva até aquele restaurante italiano da esquina?

— Está bem. — Ela mal podia acreditar que tinha acabado de aceitar o convite de um estranho.

Sorrindo, ele se preparou para correr.

— Pronta? Eu tenho mais toalhas, caso seja preciso.

Ambos correram, rindo, protegidos pelas toalhas. Na porta do restaurante, eles as torceram. Ao entrarem, Paolo tirou dois novos pacotes e se secaram. Seguiram o garçom até uma mesa coberta por uma toalha xadrez vermelha e branca. Sentaram-se e observaram através da janela um colorido desfile de sombrinhas, carros espirrando água nas ruas, e a noite chegando - iluminada pelos brilhantes letreiros de neon dos estabelecimentos ao redor. Pediram vinho e pizza. Ao brindarem desejaram:

— Saúde à boa comida, boa companhia, boa música.

E deram atenção ao violonista que se aproximou da mesa e tocou *O Sole Mio*.

Uma taça de vinho teria sido suficiente para Fabiana, mas ela permitiu que o garçom lhe servisse mais uma e disse:

— Um brinde à alegria.

Fabiana não queria que o encontro terminasse. Estava fascinada pela voz e pela tonalidade hipnotizante dos olhos de Paolo que oscilavam entre o castanho escuro e o mel dourado, de acordo com o reflexo da luz do ambiente. Enquanto conversavam, ela devaneava como se estivesse vendo o jaguar em Selvita em frente de si. De repente, voltou a realidade e pediu para ele repetir a pergunta. Ele indagou onde ela morava e ela deu o nome do bairro. Com o fim da chuva, saíram do restaurante com sorrisos nos rostos. Ele chamou um táxi para ela e deu-lhe seu cartão de visita. Fabiana não sabia o número de telefone de sua nova casa e prometeu entrar em contato. Enquanto o táxi se distanciava, ela se viu perdida em pensamentos, e percebeu que não tinha ideia do que ele queria discutir com ela.

***

Dois dias se passaram, e o domingo surgiu como um dia perfeito para um passeio. Fabiana se dirigiu ao orelhão mais próximo da sua casa, contemplando o cartão de visita de Paolo. Debatia se deveria ligar para ele ou não. Não queria dar uma impressão errada, mas ansiava por companhia.

Paolo mirava a vista pela janela de seu quarto, podendo ver a estátua do Cristo Redentor ao longe. O telefone na mesa de cabeceira começou a tocar. Tomando um gole de cerveja, sentou-se na cama. Ficou contente em ouvir a voz de Fabiana e sugeriu que se encontrassem no shopping mais conveniente para ambos.

De volta ao seu quarto, Fabiana experimentou várias roupas e optou por uma blusa, shorts e sapatos com estampa de oncinha. Finalizou o visual com sua fragrância favorita — o perfume Charlie, anunciado nos comerciais de TV como o preferido da mulher ousada e corajosa dos anos 1980.

No ponto de encontro, Fabiana fitou seu reflexo na parede espelhada, e ajeitou os cabelos pela milésima vez. Quando Paolo se aproximou, Fabiana gostou de sua escolha de roupa — camisa polo, shorts e tênis. Juntos, desfrutaram de hambúrgueres, acompanhados por cerveja gelada, e compartilharam risadas e conversas animadas.

Ao passarem pela pista de boliche no nível da rua do shopping, Paolo convenceu Fabiana a participar. Paolo, um excelente jogador de boliche, ofereceu ajuda a Fabiana, que estava jogando pela primeira vez. Ela gostou da sensação de suas mãos calorosas guiando as suas. À medida que o jogo procedia, Fabiana começou a se descontrair. Celebraram e se abraçaram quando Fabiana acertou um dos pinos. Este era o segundo encontro deles, mas já estavam desfrutando de uma conexão divertida.

Ao terminaram de jogar boliche, Paolo e Fabiana decidiram ir a uma boate no topo do shopping. Enquanto se aproximavam, seus rostos eram iluminados por luzes cintilantes de neon e por músicas icônicas dos anos 80. Contudo, quando tentaram entrar na boate, foram barrados pelo segurança que lhes disse com voz grave:

— Não podem entrar de shorts.

Surpresos, mas determinados, foram a uma loja no andar abaixo e compraram calças boca de sino para Paolo e uma saia midi psicodélica com fendas laterais para Fabiana. Paolo insistiu em pagar, apesar da objeção dela. E assim, retornaram e conseguiram entrar na boate. Ao som de *Let's Dance,* de Donna Summer, trocaram um beijo que deixou Fabiana fascinada.

Eles se sentaram, pediram drinks e esforçaram-se para conversar acima do barulho ensurdecedor. A música alta obrigou Fabiana a elevar a voz quando perguntou:

— Você já foi a Selvita?

Paolo demorou um momento para responder.

— Talvez eu precise ir lá. Você conhece alguém chamado John P. Iva?

Ela balançou a cabeça, não porque tinha uma resposta, mas porque não conseguia captar a pergunta.

Paolo ficou em silêncio e terminou sua cerveja. A noite avançava, e ele ponderava se a levaria para casa ou não. Sabia que Fabiana morava em um bairro afastado, e, como estrangeiro, havia escutado histórias assustadoras sobre a área. Ele chamou um táxi para ela, e enquanto esperavam se beijaram novamente. Ela entrou no táxi com os olhos brilhando de alegria.

Paolo mal tinha aberto a porta de seu apartamento quando o telefone começou a tocar. Atendeu a ligação e alguns momentos depois, exclamou contente:

— Sério? Um trabalho como guia no Pantanal? Sim. Estou interessado. Quando começaria? Claro, Greg. Posso começar ainda esta semana. Obrigado.

Após encerrar a ligação, ele discou para a companhia aérea e fez a reserva de seu voo para o Pantanal, onde começaria seu novo trabalho no setor turístico.

Fabiana tinha certeza de que haviam estabelecido uma conexão especial. Decidiu expressar seus sentimentos de maneira romântica - escrevendo uma carta de amor à mão para ele. Registrou cada palavra, cada lembrança, e uma promessa de amor eterno, no estilo dos filmes clássicos que tanto gostava. Decorou a carta com desenho dos olhos de Paolo e também do jaguar, um símbolo que ela associava a ele. Por fim, borrifou um pouco de seu perfume, Charlie, selou a carta, e a colocou em sua frasqueira de maquiagem.

Mas para sua decepção, suas próximas ligações para Paolo ficaram sem resposta.

E logo, chegou o Natal.

***

Nas primeiras horas da manhã, a xícara de café não lhe produziu o efeito desejado. Paolo planejava acordar cedo para ir à praia pela manhã, mas voltou para a cama, visando poupar energia para a viagem ao anoitecer. Acordou com o som do telefone e viu que o rádio relógio digital marcava 10:45 da manhã. Sonolento, alertou-se ao ouvir a operadora dizer:

— Esta é uma ligação internacional de Boston para o sr. Paolo Sendal.

— Sou eu. — Por favor, aguarde. Sra. Margrit o sr. Sendal está na linha.

— Paolo, é a Vó. Estava dormindo?

— Não, Vó. Estava pensando em você. Desculpe-me. Não pude estar aí para celebrar a missa de primeiro aniversário de falecimento do Vô. Como foi?

— Paolo, ainda não consigo acreditar que ele se foi. Ele vive em nossas lembranças.

Imerso em imagens de Papps, seu falecido avô, Paolo sentiu muito não estar com sua avó, oferecendo o mesmo abraço reconfortante que Papps costumava lhe dar. Em uma recordação que muito o comovia, quando pequeno Paolo voltou para casa da escola primária e descobriu que um coiote havia tirado a vida de seu animal de estimação. Ainda vívida em sua mente estava o momento em que Papps o abraçou, assegurando-lhe: "Seu cachorrinho de estimação está no Céu dos Cães."

— Vó, sinto muito.

— Paolo, por favor, não fique bravo.

— O que aconteceu? — Paolo perguntou suavemente.

— Encontrei o diário de Caroline.

— Vó! Você mexeu nas minhas caixas de arquivo?

— Eu tive que mexer. Estava procurando fotos de Papps com você. Também estava brava comigo mesma por ter perdido o diário de Caroline. E que alívio quando o encontrei entre suas coisas.

— Vó, eu queria descobrir o paradeiro do meu pai e contaria a você apenas depois de encontrá-lo.

— Tudo bem. Quando eles namoravam, encontramos John almoçando com Caroline no Quincy Market. John disse que estava de férias da universidade. Eles terminaram antes que Caroline soubesse que estava grávida de você.

— Eu sei.

— Quando você nasceu, prometemos à Caroline que cuidaríamos de você. No diário dela, ela escreveu que seu pai conseguiu um estágio aí no Brasil. Cartas que ela escreveu para ele voltaram como não entregues. Então, de acordo com Caroline, ele desapareceu sem deixar rastros.

Paolo lembrava ter visto os envelopes endereçados a John P. Iva, Serviço Florestal do Brasil, Rio de Janeiro, e os deixou entre os pertences de Caroline.

— É por isso que estou aqui, Vó. Estive procurado por ele sem sucesso. Minhas fontes disseram que havia um John P. Iva no Rio, mas agora ele pode estar no Pantanal.

— Oh! — Margrit disse surpreendida.

Paolo passou os dedos pelos cabelos despenteados e mencionou sua viagem ao Pantanal. Margrit desejou-lhe boa sorte. Depois de desligar o telefone, Paolo fez uma oração silenciosa para Papps, o homem que o havia ensinado as regras de sobrevivência dos escoteiros. Caroline, a filha única de Papps e Margrit, havia partido prematuramente, vítima de um aneurisma cerebral seis meses após o nascimento de Paolo. Mantiveram o diário da filha em uma caixa marcada 'Nossa Querida'.

Paolo lembrou-se do dia em que leu o que Caroline havia escrito no diário. John P. Iva, havia sido seu primeiro e único namorado. Terminaram o namoro pois John tinha sido contratado pelo Serviço Florestal do Brasil e, sem saber ao certo, Caroline decidiu que o escritório ficava no Rio.

Foi por pura coincidência que Margrit encontrou o diário na caixa de Paolo. Embora ela tivesse pedido desculpas, não era necessário. Paolo ficou aliviado por sua avó agora saber o motivo de sua vinda ao Brasil.

Carregando emoções mistas sobre o homem que o havia abandonado, Paolo decidiu vir ao Rio e imaginava viver à beira-mar e aprender português. Deparou com o anúncio do aluguel da cobertura e alugou, sem se importar que a mesmo ficava entre dois prédios mais altos, e que não tinha vista para a praia. No entanto, de seu quarto ele poderia desfrutar de uma parte da imagem do Cristo Redentor no topo do Morro do Corcovado.

Inicialmente, lamentou ter assinado o contrato de locação por seis meses. Agora que estava indo para o Pantanal, sentiu um alivio ao saber que o aluguel terminaria no final do mês. Refletindo sobre seu emprego, encontrou conforto no fato de não se tratar de uma posição permanente. Graças as conexões de sua faculdade, por falar inglês, e conhecer a história do Brasil, logo após sua chegada, Paolo conseguiu um trabalho freelance como guia turístico particular para os hóspedes de hotéis.

Seu estômago roncou fazendo-o lembrar que era hora de se alimentar. Abriu a geladeira e olhou para as prateleiras semivazias, salvo por algumas garrafas de cerveja Brahma, marca brasileira que ele gostava muito, e tomates macios. Ele viu um pedaço de pão velho no balcão, ao lado de um bule de cerâmica.

Massageando os ombros, Paolo parou na janela que dava para sua padaria preferida, onde parava vez ou outra para tomar café da manhã. Talvez passasse por lá mais tarde.

Antes tinha que ligar para as companhias aéreas a respeito do status de sua reserva Rio-Campo Grande. E a linha estava ocupada. Enquanto esperava para ligar novamente, relembrou sua conversa recente com seu investigador particular.

"Paolo, tenho novidades pra você" — disse a voz masculina. "Tem um senhor P. Iva no Pantanal."

"Você tem o endereço dele?"

"Esse é o problema. Tudo o que consegui descobrir num hospital nas proximidades de Selvita, é que um certo sr. P. Iva foi tratado por inalação de fogo há vários anos. 1972, para ser mais exato. Você quer que eu siga pesquisando?"

"Não. Obrigado por tudo. Eu cuidarei daqui pra frente. Vou depositar o dinheiro em sua conta."

Paolo tomou banho e reconfirmou suas intenções. Ele não iria alterar a viagem nem prorrogar o aluguel do apartamento. O problema em questão agora era Fabiana. No fundo, ele se arrependia de não ter o telefone ou endereço para contatá-la.

Ele desligou a torneira do chuveiro e observou a água escorrer pelo ralo do chão do banheiro.

***

Para a decepção de Fabiana, Paolo não respondeu às suas ligações depois do segundo encontro deles. Antes que ela percebesse, o Natal havia chegado.

Fabiana aceitou o convite de Clara para a véspera de Natal, e desfrutou do jantar com tranquilidade. O marido da amiga acabara de instalar um telefone fixo e reclamava de como tinha sido caro obter o número de telefone. Fabiana pediu permissão para usar o telefone e ligar para sua mãe e irmão, e, vendo o marido de Clara arquear as sobrancelhas, ofereceu-se para pagar as despesas da chamada.

Após assegurar a sua mãe que estava tudo bem e que sentia saudades, Fabiana passou o telefone para Clara, que fazia sinal para deixá-la falar.

— Oi, Pearl! Tenho tantas lembranças felizes da época em que vocês moravam aqui.

Pearl agradeceu a Clara por deixar Fabiana ficar com ela e ficou surpresa ao saber que Fabiana havia se mudado. Igualmente surpresa, Clara devolveu o telefone a Fabiana e sussurrou:

— Sua mãe não sabia da sua mudança?

Fabiana tranquilizou as preocupações de sua mãe, dizendo que tudo estava sob controle.

Mais tarde, Fabiana entrou em um táxi e voltou para casa, sentindo-se triste. Durante o trajeto, ela orou para que a véspera do Ano Novo a aproximasse de Paolo. Em sua mente, ela imaginou seus olhos castanhos esverdeados se transformando nos olhos âmbar do jaguar. Ela murmurou:

— Onde você está, Paolo?

O Risco do Jaguar e Desvendando Charadas

Era final de dezembro. Monlevade acelerava seu caminhão pela estrada de terra batida, levantando uma espessa nuvem de poeira. Ele massageava seu peito e esfregava os olhos para se manter alerta ao volante. Há tempos, ele vinha adiando uma cirurgia cardíaca que parecia inevitável e tinha decidido mais uma vez adiar uma visita médica. Ele se aproximava rapidamente de um pântano que se estendia à sua direita, repleto de jabirus.

— Hora do jantar, hein? Ei, pássaros, peguem um peixe bem grande para mim. — Monlevade gritou como se os tuiuiús pudessem ouvi-lo.

Subitamente, as aves sobrevoaram acima e à frente de seu caminhão. Sem reduzir a velocidade, Monlevade tirou seu chapéu de palha e esticou o pescoço para ver os pássaros retornando para seus ninhos ao final da estrada.

Ele se perguntou o que os tinha assustado.

Enquanto os pássaros pousavam nos galhos das árvores, ele bateu seu chapéu no painel como se de repente entendesse o comportamento das aves.

— Caramba! Ei, pássaros! Vocês reconheceram meu caminhão de poda de árvores, hein? Pássaros, minha empresa, Sandy Lagoons, e eu precisamos de dinheiro! Para investir mais. Vocês podem encontrar casas em outras árvores. Há muitas árvores aqui.

De origem humilde, Monlevade tinha enriquecido através de investimentos em propriedades abandonadas por meio de sua empresa Sandy Lagoons. Tirou a carteira do bolso de sua camisa e colocou-a em seu colo, conseguindo retirar uma nota dobrada com vários dados sobre a área. Enquanto acelerava, lia o título: FAZENDA SANTA FABIANA. Pisou mais fundo no acelerador determinado a concluir sua avaliação o quanto antes.

Ele se dirigiu aos pássaros pousados nas árvores da fazenda no final da estrada.

— Sim, pássaros! Acho que vocês estão ocupando as árvores que eu vou cortar. Durmam bem esta noite e encontrem outras árvores amanhã, porque quando vocês voltarem, essas árvores terão ido embora.

Nuvens cinzentas substituíram os tons de laranja e vermelho do pôr do sol. Gotas da chuva de verão batiam forte na janela do caminhão e logo superaram o para-brisa, obscurecendo a visão de Monlevade. Ao se aproximar de placas em decomposição indicando PROPRIEDA-- PRIVA--, ele inclinou para frente e levantou o punho no ar, celebrando vitória.

Monlevade aumentou a velocidade e disse satisfeito:

— Fazenda Santa Fabiana, local do meu futuro hotel... Ei! Que diabos!

Uma capivara cruzou a estrada bem na frente do caminhão. Como um cervo paralisado pelos faróis, a capivara fixou o olhar no motorista. Para evitar uma colisão direta, Monlevade desviou para a direita e, sem conseguir reduzir a velocidade a tempo, acabou atolando no pântano.

O veículo flutuava e balançava suavemente de um lado para o outro. Com medo de que pudesse submergir, Monlevade abriu a porta para escapar. A carteira que estava em seu colo caiu na água. Estava prestes a sair do veículo quando algo em seu retrovisor o fez mudar de ideia. Com mãos tremulas, ele manipulou os botões e alavancas da porta para trancá-la. Ao longo de seus sessenta anos de vida no meio do mato, essa era a primeira vez que presenciava um jaguar emergindo na estrada.

Ele fez o sinal da cruz muitas vezes.

Nesse momento, a chuva parou e um grande arco-íris apareceu no horizonte. Mas, Monlevade não pôde desfrutar da vista com a fera se aproximando, pronto para saltar em sua direção. Sentindo uma dor intensa, Monlevade levou as mãos ao coração.

"Meu Senhor" foi o seu último pensamento.

Ele não pôde ver o jaguar se afastando com a capivara abatida em suas garras, adentrando a densa vegetação.

****

Sem saber do trágico falecimento de Monlevade há uma semana, Glorieta permaneceu na cama, com seus olhos marcados pelo rímel ressecado.

Sorriu e exclamou: — É apenas uma questão de tempo agora.

Após o banho, experimentou diversas peças de roupas diante do espelho. — Hora de impressionar — ela dizia dançando ao som imaginário de um chá-chá-chá.

Depois de descartar vários trajes caros na cama, ela optou pelo seu mais novo conjunto xadrez com ombreiras enormes. Como acessório colocou uma flor de cetim na lapela da jaqueta.

Por se tratar de uma cliente extremamente especial, desta vez, Prestle concedeu a Glorieta o dobro do valor que normalmente destinava para o almoço. Ele reservou o restaurante, e informou à sra. Camargo que Glorieta, a Representante de Boas-Vindas do banco, iria buscá-la antes do meio-dia neste dia.

Depois de aplicar a habitual camada espessa de maquiagem e rímel, Glorieta borrifou um perfume muito caro em seu cabelo, pescoço e pulsos, e dirigiu para a casa da cliente.

Ela estacionou seu carro e cobriu a boca com a mão quando percebeu que a imponente mansão ocupava metade do quarteirão da rua.

A empregada a fez entrar. Enquanto esperava, Glorieta observou os impressionantes painéis de madeira de mogno do hall de entrada, as pinturas abstratas nas paredes e os móveis requintados na sala de estar.

Notando uma grande quantidade de arranjos de flores frescas adornando a sala, ela pensou: "Um dia terei uma casa assim. Monlevade me prometeu."

Glorieta elogiou a elegante cliente do banco, que entrou na sala com um sorriso confiante.

— Nossa! Quanta elegância. Adoro a cor de seu cabelo. Eu deveria ir ao seu cabeleireiro.

A sra. Camargo, levantou o braço adornado com muitas pulseiras, ajeitou os cabelos e disse:

— Minha cabeleireira está de luto. O namorado dela morreu na Fazenda Santa Fabiana há uma semana.

— Quem era ele?

— Monlevade. Não quero falar mal dos mortos, mas ele era um homem sem escrúpulos que me traiu no passado. Você o conhecia? Teve um ataque cardíaco.

Glorieta perdeu o equilíbrio e estendeu a mão para se apoiar em um dos pedestais de flores, quase derrubando-o. Recordava as palavras sussurradas por Monlevade em seus ouvidos na última vez que se encontraram: "Seus problemas financeiros em breve acabarão. Eu cuidarei de você."

— O funeral foi há dois dias. Minha cabeleireira, a namorada de Monlevade, recebeu tantas flores que me deu algumas. Elas são lindas, não são?

— Seu cabelo... é muito mais lindo.

A sra. Camargo afagou seus cachos e disse: — Não sei como as pessoas podem pagar o que ela cobra. Ela usa os produtos mais modernos. Diz que encomenda produtos diretamente da capital.

"Que impertinente! Ela está insinuando que eu não posso pagar a cabeleireira?" Abalada pela informação de que Monlevade estava morto e que ele tinha mais de uma namorada, combinada com o insulto não tão sutil dessa mulher rica, Glorieta teve uma mudança repentina de ação.

— Olha, vim dizer que não posso sair pra almoçar.

— Por que você não telefonou?

— Eu não estava em casa e não sou do tipo que usa o orelhão público. Vim só dar as boas-vindas ao banco. Assim sendo, tchau.

— E que tal uma xícara de café?

— Não, eu tenho que ir.

Sussurros de Traição

"Monlevade está morto." Este pensamento fazia o estômago de Glorieta doer. Em sua pressa de sair, ela quase tropeçou na escada de mosaico italiano que dava à calçada. Acenando adeus, ela dirigiu até estar fora de vista, e estacionou novamente.

Não foi tanto o fato de Monlevade ter outra amante secreta. Ela estava furiosa porque ele deixou alguns assuntos inacabados. Com sua ajuda, ela havia planejado tomar posse da Fazenda Santa Fabiana. Bateu no volante, gritando:

— Monlevade, você ia compartilhar o que é meu com outra mulher? Seu canalha, tínhamos um plano. Agora, você está morto. O que vou fazer?

Glorieta suspirou e avaliou sua imagem no espelho retrovisor. Após retocar sua maquiagem e aplicar mais uma camada de rímel, ela ligou o carro e dirigiu-se ao banco. Prestle ficou boquiaberto em vê-la de volta tão cedo.

— Não houve almoço. Você sabia que Monlevade faleceu?

— Não. Na semana passada, ele estava sentado naquela cadeira, tentando recuperar o fôlego. Eu sugeri a ele a ver um médico. Pedi para minha secretária checar sua pressão arterial. Mas ele mudou de assunto e me disse que ia investir em uma fazenda abandonada.

— Não está abandonada, Prestle. Pertence à Fabia... Ei, pensando bem, a fazenda está abandonada.

Glorieta atravessava a sala de um lado a outro.

— Preciso de uma bebida.

Prestle ofereceu uísque com gelo. Ela o engoliu.

— O avô rabugento da Fabiana me fez acreditar que não tinha família e que estava deixando a fazenda para mim. Um dia, sua filha que nem ligava para ele e seus dois filhos aparecem em sua porta. O ermitão deixou o que seria meu, meu, para a neta. Além disso, Fabiana partiu o coração do meu filho quando foi estudar turismo ou o que quer que seja no Rio. Ela não fez absolutamente nada para melhorar a propriedade.

Prestle olhava pela janela, girando seus óculos de leitura no dedo.

— Ei, estou falando com você.

— Eu te ouço. Esses pássaros estavam me distraindo.

Glorieta olhou para os pássaros barulhentos e os descartou como irrelevantes.

— De qualquer forma, eu merecia aquela propriedade. Afinal, aturei aquele ranzinza quase um mês inteiro. Então, aquela pentelha vem visitá-lo, e em seu leito de morte, ele decide que a terra será dela. É uma tragédia, né, Prestle?— Ela colocou o copo na mesa dele.

— Quer mais?

Glorieta acenou com a cabeça. Prestle entregou a ela mais um uísque. Ela engoliu, contorceu o rosto e continuou:

— Monlevade ia comprá-la e... Ele pretendia transformar a fazenda em um hotel de luxo.

Imaginando-se como uma pioneira no topo de uma montanha, colocando uma bandeira esvoaçante na fazenda, ela disse:

— A terra é minha. E Prestle, eu tenho um plano.

— O que você tem em mente, minha Glo?

— Meu filho. Fabiana não terminou com ele quando foi estudar no Rio. Quando ela voltar algum dia, quero que eles voltem a ficar juntos. E você vai me ajudar.

— Como?

— Estou pensando. Eu te aviso em breve.

— Venha aqui, minha Glo. Mostre-me as coisas novas que você comprou no shopping.

— Quando vi seu generoso depósito na minha conta, disse a mim mesma que preciso te recompensar, querido — ela disse desabotoando sua blusa de seda para mostrar seu novo sutiã de renda e apontando para si mesma como uma modelo revelando um prêmio.

— Isso não é tudo. Cheire isso.

Prestle cheirou seu pescoço.

— Oh, Glo, você tem bom gosto e este perfume é tão, tão...

— Tão como? É muito caro, sabe. Você gosta ou não?

— Gosto. Eu, eu...— Prestle sentiu falta de ar e sentou-se.

— Oh, não, não, não. — Ela abotoou a blusa e chamou a secretária que entrou e pegou um monitor de pressão arterial da gaveta da mesa do septuagenário, e tirou sua pressão.

— Está tudo bem, ouviu, sr. Prestle? Beba mais líquidos. O sr. está bem, ouviu? — A secretária disse batendo na mão dele. Ela guardou o monitor na gaveta e saiu da sala.

Glorieta provocou sugestivamente:

— Beber mais líquidos? Que tal um uísque?

Ele sorriu em cumplicidade.

— Prestle! Pare de me assustar. Você está bem. Estou saindo agora. Onde está o tubo com a planta do terreno?

— Que tubo?

— Do Monlevade. Eu o deixei na sua escrivaninha.

Prestle balançou a cabeça, confuso.

— Pergunte à sua secretária então, criatur...

A voz de Glorieta estava alterada; ela quase o chamou de criatura, um termo que usava para qualquer um que a irritasse. Ele chamou sua secretária que disse não ter conhecimento de nenhum tubo.

— Precisamos encontrá-lo.

Glorieta massageou a cabeça, saiu batendo seus saltos altos, e apressou-se para seu carro no estacionamento do banco.

Como sempre, Glorieta não encontrou vaga na frente de sua casa. Estacionou a um quarteirão de distância e ficou dentro do veículo, gritando:

— Onde está esse tubo? — Ela refez seus passos. — No dia seguinte que Monlevade me deu o tubo, eu o trouxe para o banco, coloquei na escrivaninha de Prestle. Ele não estava se sentindo bem, então eu fui embora. Se não estiver lá, então ainda está no meu quarto. — Ela saiu do carro se abanando. — Este calor... Que raiva!

Distraída, seu salto alto ficou preso nas rachaduras da calçada. Ao libertá-lo, marchou para casa, foi para seu quarto e ficou na porta, pronta para atacar. Cida estava pendurando roupas no armário.

— Fora, criatura! Quantas vezes tenho que pedir para não entrar no meu quarto quando não estou?

Pedindo desculpas, Cida colocou o resto das roupas na cama e saiu do quarto.

Glorieta bateu a porta. Ficou de quatro para olhar debaixo da cama. Vasculhou seu armário e gavetas, sem se importar com as roupas que caíam no chão, e xingava. Frustrada, sentou-se na cama e pegou a caixa de chocolates guardada na gaveta de sua mesa de cabeceira.

Ouviu uma batida na porta. Abrindo a porta, Johnny olhou para o quarto bagunçado.

— O que você quer? Me deixe em paz — ela disse.

Johnny obedeceu e fechou a porta.

— Monlevade, por que você teve que morrer e me deixar assim? — Glorieta lamentou antes de encher a boca com bombons e jogar as embalagens no chão. Depois, jogou a caixa vazia e gritou: — Estúpida Fabiana! Você me pagará caro. Ah, você vai me pagar.

Johnny entrou na sala de jantar enquanto Cida trazia o pirex de purê de batatas para a mesa.

— Você cozinhou meu prato favorito. Obrigado. Você é a melhor cozinheira. Não sei o que está acontecendo com minha mãe. O furacão 'Glorieta' está de volta!

Cida colocou o pirex na mesa. Mesmo antes de experimentar, Johnny disse:

— Uma delícia! Sobra mais pra mim. Cida, você é ótima!

Cida se aproximou e disse:

— Fico feliz em cozinhar pra você. Você é uma boa pessoa. Ao contrário de sua mãe.

Johnny concordou.

— Acho que sei por que minha mãe está brava hoje.

— E ela não está brava todos os dias? — Cida disse.

***

Anteriormente, no banco, Prestle havia perguntado a todos se tinham visto um tubo de Sandy Lagoons. Johnny tinha visto sua mãe trazer o tubo para a sala de conferências dias atrás. Quando notou o título de Fazenda Santa Fabiana, escondeu o tubo em seu escritório. Agora, estava escondido em seu quarto.

Enquanto pegava mais uma colherada do delicioso purê de batatas de Cida sorria e pensava, "Então, Fabiana está voltando para construir um hotel de luxo." Depois do jantar, a curiosidade fez com que batesse e abrisse a porta do quarto de sua mãe. Pretendia perguntar se ela estava procurando por um tubo. Mas a caixa de chocolate no colo de Glorieta o distraiu.

— Mãe, me dá um chocolate?

Glorieta jogou a caixa vazia em sua direção, dizendo:

— Saia. E faça um favor a si mesmo. Olhe sua barrigona no espelho.

Decepcionado, Johnny foi para seu quarto. Deitou-se na cama olhando para o teto relembrando o passado. Quando tinha oito anos, descobriu uma caixa de chocolate no quarto de sua mãe. Glorieta entrou e pegou Johnny em flagrante. "Você quer virar um elefante?"

Johnny virou-se assustado, com o chocolate derretendo em seus dedos. Sem malícia, respondeu que queria ser um jaguar.

Glorieta o empurrou na direção de Cida, que estava parada na porta. "Não seja atrevido comigo. Vou lavar sua boca com sabão."

Cida pegou a mão de Johnny e, assim que estavam fora do alcance de Glorieta, sussurrou em seus ouvidos "Vamos brincar lá fora; você pode ser o meu jaguar."

***

Era véspera de Ano Novo. Checando seu relógio de pulso, Fabiana pensou, "9 da noite. Ainda é cedo, vou ligar mais uma vez." Caminhou até o orelhão mais próximo imaginando o que iria falar. "Paolo, tão bom ouvir sua voz. Claro, irei ao Reveillon hoje à noite com você. Que cor você vai usar? Se você usar uma roupa amarela, significa que quer atrair dinheiro. Vermelho, paixão. Branco, paz. Verde, boa saúde. Eu? Quer que eu te surpreenda?" Fabiana ouviu as moedas caírem e hesitou. "Estou no clima para romance. Não! Não vou mencionar nenhuma das cores. Minha roupa vermelha pode dar errado. Ele pode correr de mim!"

Paolo mais uma vez não atendeu sua chamada.

De volta a sua casa, Fabiana passou pelo dono deitado no sofá, bebendo de uma garrafa de champanhe. Quando ele a viu, balbuciou algo que parecia como Feliz Ano Novo.

Fabiana correu para o quarto, trancou a porta e passou o último dia do ano abraçada ao travesseiro. Ela fez duas resoluções: um novo lugar perto da praia e reconexão com Paolo. Convencendo-se de que Janice saberia mais sobre o paradeiro de Paolo, Fabiana mal podia esperar para a escola recomeçar.

O sol da manhã refletia nas baterias dos grupos tocando música de carnaval em várias ruas do Rio de Janeiro, anunciando as festividades pré-carnavalescas.

Fabiana tomou o ônibus e sentou-se no banco da frente em diagonal ao motorista. Isso permitia-lhe ver a alegria nos rostos de crianças e adultos lotando as ruas, suando e dançando, balançando os

79

braços no ar, pulando, batendo palmas e cantando. Ansiando por Paolo, Fabiana não compartilhava da energia festiva no ar.

O som ensurdecedor dos tambores, ainda reverberando em seus ouvidos, fundia-se ao som da máquina de telex martelando na sala de Janice. Elegantemente vestida em um terno azul-marinho, ela estava em frente à máquina de telex da Siemens, observando-a digitar os nomes dos estagiários.

— A lista dos estudantes escolhidos está aqui— anunciou, destacando o telex da máquina. Exibindo o documento no ar, Janice dirigiu-se ao grupo de formandos que se reuniam rapidamente em seu escritório. — Se o seu nome estiver aqui, parabéns. Se não estiver, não desanime. Simplesmente, complete a requisição de estágio e volte no próximo mês. Garanto que nossa rede de turismo escolherá você na próxima vez.

Deixando seu escritório, foi seguida pelos alunos animados e esperançosos, no longo corredor. Seu crachá, com sua foto sorridente acima do nome, balançava como um pendente, enquanto passava por uma série de cartazes que retratavam idílicos destinos globais. Destrancou um armário de vidro na parede, retirou a lista do mês passado e substituiu pela mais recente. A lista continha três colunas - Nome do Formando, organizado em ordem alfabética com base no primeiro nome, não no sobrenome; Departamento; e Empresa de turismo. Em seguida, trancou o armário de vidro e retornou ao seu escritório, passando por Fabiana e Clara que esperavam por sua vez de conferir a lista. Ambas usavam jeans metálicos e camisetas com o slogan I Love Rio.

Clara virou-se e viu Janice a alguns metros de distância.

— Consegui! Estagiária do Departamento de Marketing na Embratur. —Sorrindo, ela deu dois gestos de positivo para Janice. Fabiana parabenizou Clara e prosseguiu conferindo a lista esperando que, de alguma forma, seu nome tivesse sido erroneamente listado.

Colocando a mão nos ombros da amiga, Clara disse:

— Que pena, Fabiana. Prometo que assim que eu estiver no comando da agência de turismo, você vai ter uma ótima posição na empresa. Combinado?

Janice ouviu Fabiana dizer:

— Este instituto garante emprego a todos os alunos. Por que não recebi nenhuma oferta de trabalho?

Janice pediu a Fabiana que a seguisse ao seu escritório. Lá, revirou alguns papéis em sua mesa até achar uma mensagem de telefone.

— Esta solicitação chegou esta manhã. Acho você a candidata ideal. Dirigir para ...

— Desculpe, não quero ser rude, mas não investi todo esse dinheiro para ser uma motorista...

— Rio by Night tours.

A imagem do cartão de visitas de Paolo apareceu em sua mente. Fabiana perguntou quando.

— Hoje à noite.

Embora desapontada por não conseguir um estágio, Fabiana queria rever Paolo. Ela tinha certeza de que a atração de ambos era mútua. Esta noite, ela descobriria exatamente em que pé estavam. Fabiana assinou seus formulários e disse para Clara que estaria esperando por ela lá fora.

O sol inclemente forçou Fabiana a ficar dentro de um orelhão. Aproveitou para fazer uma ligação de longa distância para sua mãe em Selvita.

Pearl cultivava seus próprios vegetais. Com muito carinho, examinava uma dúzia de batatas-doces suspensas por palitos em potinhos de água e estava prestes a refrescar a água quando o som do telefone a interrompeu. Colocou o regador no chão, secou as mãos em uma toalha de cozinha e foi para a sala de estar para atender. Seu rosto se iluminou com um sorriso ao ouvir a voz de sua filha. Após as saudações iniciais, Pearl disse:

— Temos novos vizinhos, Ula e seus dois filhos. Carole, tem a sua idade e usa o cabelo igual a cantora Madona. Dei a ela um trabalho para cortar cebolas, mas durou apenas três dias, devido as lágrimas. Seu irmão, Nico, entregava pedidos, mas foi demitido após comparecer ao trabalho bêbado.

— Mãe, muito cuidado com pessoas bêbadas. Como vai Manuelito?

— Seu irmão está indo bem, sempre usando o boné de beisebol que você deu e sempre ajudando após a escola. Eu me preocupo quando faz entregas sob este forte sol. Precisamos de chuva. Como estão as coisas aí? O Instituto já te conseguiu um estágio?

Fabiana notou o tom preocupado de Pearl que mal podia pagar a mensalidade do instituto. Ela acalmou a mãe, dizendo que tinha um emprego à noite, e que se formava no final de semana. Pearl a felicitou e expressou o desejo de estar presente com Manuelito.

— Não tem problemas. Eu talvez nem vá a minha formatura.

Clara se aproximava da cabine telefônica, chacoalhando um envelope no ar.

— Ah, querida. Eu quase me esqueci. Isso é importante. Não quero que você se assuste.

— Mãe, o que houve?

— Bem, um caminhão caiu no rio perto da sua fazenda.

— Um caminhão?

— Sim, um caminhão de poda de árvores. Não faço ideia do que ele estava fazendo lá.

Clara gesticulou impacientemente com o envelope.

— Mãe, tenho que ir. Vou lidar com essa situação quando voltar pra casa. Tenha um ótimo dia. Te amo, mãe.

Pearl desligou o telefone e voltou para o pátio da cozinha onde terminou de trocar a água dos potinhos.

— Janice me pediu para te dar este envelope, sobre seu trabalho desta noite — disse Clara.

— Odeio dirigir — Fabiana disse, pondo o envelope na mochila sem abri-lo.

— Não quero me intrometer, mas ouvi você dizer algo sobre ir pra casa. Você está planejando voltar pra Selvita depois da formatura?

Fabiana olhou para o relógio e disse:

— No momento, só sei que preciso estar no escritório da Rio by Night às 17:30.

— Tudo bem. Se depararmos com os carnavalescos tocando samba, vamos fazer como todo mundo faz.

— Fazer o quê?

— A gente entra na festa, combinado? — Clara cantou, balançando os braços.

As duas riram e foram em direção ao carro de Clara, estacionado em frente a uma loja de traje de banho. Fabiana se sentiu atraída por um maiô com estampa felina na vitrine. Entrou na loja, comprou o maiô sem prová-lo, e guardou-o na mochila. Brincando disse:

— Um dia, isso será só para os olhos de Paolo.

Elas riram, e então Fabiana exclamou com urgência:

— Vou me atrasar. Paolo deve estar me esperando.

O Passeio e a Saudade

Fabiana encontrou o rapaz curvado, procurando por algo embaixo da Kombi da empresa. Sorrindo, aproximou-se e disse:

— Hello, estrangeiro. Serei sua motorista esta noite. — Logo, Fabiana escondeu sua decepção.

O homem baixo e loiro que apertou sua mão, se apresentou como Greg, dono da Rio by Night Tours. Ele entregou a ela um pacote contendo a camiseta polo da firma. Enquanto ela vestia sobre sua blusa, ele se agachou novamente para pegar sua caneta embaixo da Kombi.

— Vou precisar de ajuda com todas as placas de desvio — Fabiana disse ao abrir a porta do motorista.

Lendo a lista de nomes em sua prancheta, Greg parecia não lhe dar atenção.

— Pensando melhor, minha voz está muito rouca hoje. Eu dirijo, e você fala. — Ele instruiu que ela se sentasse no banco de trás e se familiarizasse com o roteiro.

Ela pretendia perguntar sobre o paradeiro de Paolo, mas acabou perguntando para onde iriam. A falta de resposta de Greg a deixou pensando se a audição dele era tão ruim quanto sua voz. Olhava a imagem de Greg no retrovisor. Suas sobrancelhas franzidas o faziam parecer irritado. Muitas ruas a caminho do hotel Copacabana Palace estavam fechadas devido às festividades pré-carnavalescas. Gente de todas as idades seguiam os percussionistas, cantando e dançando.

O sol que brilhava nos reluzentes instrumentos de percussão, afetava Fabiana. Greg colocou seus óculos de sol, e Fabiana usou o roteiro. A atitude de Greg melhorou assim que ele estacionou no hotel. Desceu com um grande sorriso e recebeu três casais da Itália usando camisetas verdes e uma americana atraente, na casa dos cinquenta anos, usando um boné de beisebol cor-de-rosa enfeitado com lantejoula. Fabiana mal tinha terminado de revisar o roteiro. Respirou fundo.

Greg abriu as portas da Kombi, indicando para os casais ocuparem os bancos do meio e de trás. Fabiana se perguntava onde a mulher iria se sentar. Para sua surpresa, Greg pediu à americana que se espremesse entre Fabiana e ele no banco da frente, e em seguida começou a dirigir.

Fabiana ajoelhou-se no banco apertado para se dirigir para o grupo. Engoliu em seco e apresentou o motorista e a si mesma.

O roteiro estava escrito em várias línguas, e Fabiana leu o parágrafo em inglês: — Copacabana é famosa pelo seu calçadão. O mosaico ondulado em preto e branco representa o rio Amazonas. O arquiteto Roberto Burle Max o projetou em 1970 — Agradecendo mentalmente pelo treinamento em italiano no Instituto, repetiu o mesmo parágrafo em seu melhor italiano. O grupo virou-se para observar o calçadão, mas seus olhos permaneceram nos banhistas que, em trajes de banho de todos os tipos e tamanhos, caminhavam, jogavam vôlei, praticavam cooper ou simplesmente se bronzeavam nas areias do oceano Atlântico.

Fabiana rezava para parecer interessante. — Estamos deixando Copacabana e entrando em Ipanema. Na esquina desta rua fica o famoso Restaurante Garota de Ipanema. Tom Jobim e Vinicius de Moraes escreveram a música, inicialmente chamada Menina que Passa que mais tarde se tornou Garota de Ipanema.

Greg apertou um botão no painel do carro, e a música começou a tocar. Os italianos cantarolavam junto. A americana cantava, alterando a letra para *o garoto de Ipanema me viu e disse que seu coração pertencia a mim,* fazendo com que Greg e Fabiana se olhassem mutuamente.

Fabiana continuou dizendo que adentravam o bairro Leblon. E perguntou se sabiam surfar. Os italianos conferenciaram entre si, — Navigare? Si, si. — A americana disse que o outro guia havia lhe prometido ensinar. Acrescentou achar que ele já deveria estar de volta dos EUA.

Fabiana tinha certeza que ela estava se referindo a Paolo. E alegrou-se pensando que era esta a razão dele não estar respondendo suas chamadas. Um dos italianos perguntou sobre o carnaval.

— Encontre a parte que se refere ao Mardi Gras — pediu Greg.

— O Carnaval deste ano é de 2 de março até a Quarta-feira de Cinzas, 7 de março — Fabiana leu.

— Paolo estará de volta a tempo de ver o desfile? — a americana perguntou.

Fabiana sentiu sua face queimar. Ambas olharam para Greg, ansiosas pela resposta. Ele balançou a cabeça dizendo que não podia fornecer informações pessoais sobre os funcionários.

Os tons laranja-escuro do pôr-do-sol, com o Pão de Açúcar ao fundo, deram lugar a uma bela noite estrelada. Greg manobrou o veículo ao redor dos muitos desvios, parou em frente a uma boate, e anunciou que visitariam o Panorama Night Club para um jantar autêntico brasileiro com um show.

— Não se preocupe em ler o texto em inglês. Já fiz esse passeio com Paolo antes — a americana disse.

Greg saiu da Kombi. Abanando a cabeça, ele deu a volta para abrir as portas.

— E agora? — Fabiana se aproximou dele.

— Vá e ajude o grupo a se acomodar. A reserva está em nome da empresa. Nós esperamos aqui. Já vi esse show muitas vezes.

— Entendi. Sem problema. Eu nem mesmo estou com fome. Volto já — Fabiana disse, relaxando os ombros.

Depois que o grupo foi acomodado, Fabiana voltou ao estacionamento. Ela abriu a porta de trás, e perguntou a Greg se ele estava bem. Ele trouxe as mãos em direção aos ouvidos e revelou que sua cabeça estava girando, que sua voz estava ficando rouca, e que ia aproveitar para tirar uma soneca.

— A americana estava falando de um guia anterior, certo?

— É uma perseguidora. Já fez três dos nossos passeios procurando por Paolo.

— Ele está bem?

— Quem?

— Esse Paolo — ela disse, tentando parecer indiferente, mas ficou surpresa com a resposta.

— Acho que sim. Ele foi transferido pro Pantanal. Agora, por favor, feche a porta. Deixe-me dormir.

Três horas e meia depois, os turistas retornaram radiantes ao veículo. Fabiana perguntou se tinham gostado. Eles se revezaram elogiando a comida e o show, de Buonissimo, Maraviglioso, a Pio Bello. A americana, usando seu boné de lantejoula com a aba para trás, parecia exausta. Depois de distribuir água a todos, Greg iniciou a viagem de volta ao hotel Copacabana Palace. A americana começou a escorregar sobre Fabiana.

— Cocabacan- — ela balbuciou. — Como se diz?

Fabiana endireitou gentilmente a mulher e revirou os olhos pensando: "Paolo não te ensinou como dizer isso?" e explicou — Como a música, Copacabana. Você deve conhecer, de Barry Manilow.

Greg entrou na reta final em direção ao hotel. Todos os motoristas ao redor pareciam estar com pressa, menos ele que era um dos motoristas mais passivos. Pouco tempo depois, ele parou na entrada do hotel, e saiu do carro.

— Chegamos — Fabiana disse. — Alguma pergunta? Ficarei feliz em responder.

— Você sabe como entrar em contato com Paolo?

Fabiana olhou para Greg que balançou a cabeça. Ele ajudou os turistas a saírem do carro, pedindo para certificarem de pegar todas os seus pertences. Os italianos estavam felizes, deram gorjeta para

Fabiana e disseram *Grazie tanto*. A americana beijou seu cartão de visitas, deu-o a Greg e disse alto para Fabiana ouvir:

— Se você se encontrar com Paolo, este cartão é para ele.

Pouco depois, Greg abriu o porta-luvas e retirou um envelope plástico, que caiu aos pés de Fabiana. Ao se inclinar para pegá-lo, ela percebeu o crachá de identificação de Paolo. Na foto, Paolo mirava-a com intensidade ou pelo menos essa foi a impressão que ela teve.

Greg acompanhou-a até a calçada, onde ele acenou para um táxi para levá-la e informou que o instituto iria pagá-la pelo serviço.

Partidas e Descobertas

Fabiana entrou na sala de sua casa e acendeu a luz. Seu olhar passou do relógio na parede, marcando 1 hora da manhã, a uma pessoa coberta com lençol da cabeça aos pés roncando no sofá. Quando passava pelo sofá, a pessoa virou-se de lado, deixando a parte de trás da cabeça visível. Olhando para o topo careca da cabeça e o longo rabo de cavalo preso na nuca, Fabiana arqueou a sobrancelha. "O dono da casa? Agora ele está bebendo até cair no sono no sofá? Meu Deus, preciso sair daqui o mais rápido possível." Desligando a luz, dirigiu-se ao seu quarto e trancou a porta.

Um bilhete estava em cima de seu travesseiro. Depois de lê-lo, ela pegou sua mala e a deixou aberta no chão ao lado de sua mochila. Suspirando, deitou-se sem trocar de roupa.

Várias vezes durante a noite, imagens da americana com boné de lantejoula e do crachá de identificação de Paolo preencheram sua mente. "Por que ainda me importo com Paolo?"

Com a luz do sol brilhante filtrando pelas cortinas ao amanhecer, Fabiana bocejou, ergueu o lençol de algodão que cobria metade de seu corpo, levantou-se e abriu sua mochila. Entre cadernos e livros, encontrou o maiô sexy que comprara no dia anterior. Vestiu-o, envolveu o corpo na saída de praia, e contemplou sua imagem no espelho do armário. "Paolo, você merece isso? Eu queria tanto te mostrar. Agora, não sei."

A brisa fresca da manhã penetrou na sala e arrepiou sua pele. "Para seus olhos, Paolo." Em sua imaginação ela conseguia visualizar os olhos de Paolo repletos de desejo.

De repente, ouviu passos sobre folhas secas do lado de fora. Olhou pela janela a tempo de ver o cara de rabo de cavalo e regata, se afastando. O bilhete e a suspeita de estar sendo observada facilitaram sua decisão de se mudar dali.

Depois de tomar banho e vestir calça jeans e camiseta, Fabiana fez as malas, pegou sua frasqueira de maquiagem e entrou na sala, segurando sua mochila como um escudo. Aproximou-se do dono da casa, que lia o jornal.

— Li seu bilhete, e assim sendo, estou de saída.

— Pague apenas pela última semana. Meus familiares estão vindo para as festas de fim de ano, e vão precisar do quarto. Na verdade, um deles chegou ontem à noite.

Fabiana retirou o dinheiro de sua bolsa e o entregou a ele. Nesse momento a porta da frente se abriu. Um homem calvo, com rabo de cavalo, entrou com um sorriso, que revelava dentes caninos afiados. Estendeu a mão, enquanto o dono com um gesto apresentava seu irmão gêmeo.

"Drácula, vocês os dois" Fabiana pensou e saiu apressada. Na calçada fez sinal para um táxi que a levou até a agência de viagens mais próxima. Lá, reservou sua passagem de volta para Selvita. Sua próxima parada foi em um hotel na Praia de Botafogo, onde reservou um quarto com vista para o Corcovado. Em seguida, telefonou para Clara e informou que estava hospedada em um hotel com vista para o Cristo Redentor, planejando retornar a Selvita em dois dias. Prometeu contar todos os detalhes sobre o tour da noite anterior quando se encontrassem no instituto.

Depois de assinar formulários no escritório de Janice, Fabiana encontrou Clara na sala dos estudantes.

— Então, minha amiga — Clara disse — Conte-me tudo sobre ontem. Como foi com Paolo?

Fabiana relatou sua decepção, a irritante americana com boné de lantejoula, o roteiro desinteressante, e o bilhete em sua cama. — Mas chega de falar de mim, eu tenho algo pra você. — Fabiana entregou a Clara uma sacola contendo sua coleção de sabonetes perfumados, caixas de cereal não abertas e vários enlatados.

— Muito obrigada. Deixe-me pelo menos te dar uma carona até o aeroporto.

***

Fabiana ligou para a mãe do hotel que lhe lembrou que a Fazenda Santa Fabiana estava em um estado de abandono. Após a ligação, Fabiana atravessou a rua e caminhou pela praia. Tinha certeza que seu modesto maio de saia destoava. Através de seus óculos de sol estilo gatinho, observou homens e mulheres de todos os tamanhos e formas desfilando pela praia em trajes de banho mínimos.

Dois dias depois, a caminho do Aeroporto Santos Dumont, Clara disse que adoraria se ela ficasse para a formatura e o carnaval. E Fabiana disse não estar em clima para o carnaval este ano.

No terminal de embarque, as duas amigas se abraçaram. Fabiana dirigiu-se ao portão e embarcou em seu voo da VARIG para Campo Grande. Afivelou o cinto de segurança, e tentou fechar os olhos para dormir. Contudo, acabou folheando uma revista e uma imagem de olhos felinos chamou sua atenção. Os olhos do jaguar se transformaram nos olhos de Paolo. Cada par de olhos despertava algo dentro dela. Enquanto os olhos de Paolo lhe transmitiam sentimentos calorosos, o olhar intenso do jaguar, acompanhado de um som sibilante como o de uma máquina serrando madeira, a assustava. Ao abrir os olhos, Fabiana percebeu que o barulho que acabara de ouvir era o som do avião pousando em Campo Grande.

Uma corrida de táxi de uma hora levou Fabiana à rodoviária. No guichê, soube que a viagem de ônibus para Selvita havia sido cancelada devido a serviços de manutenção. Decidiu ligar para Madame Sophia e ficou contente por ser convidada a pernoitar.

Fabiana foi pelos fundos da casa conforme instruída e encontrou a porta destrancada e também um gato branco miando querendo

91

entrar. Ela entrou na cozinha, seguida pelo gato, e encontrou uma tampa metálica de vidro de azeitona dentro da pia. Queria enchê-la com leite, mas ciente de que não tinha permissão para abrir a geladeira, optou por enchê-la com água e a deixou no chão. O gato bebeu e logo desapareceu dentro da casa.

Fabiana passou para a sala de estar. A escuridão causada pelas cortinas escuras contrastava com a claridade da cozinha. Deixou sua mala perto da porta e sentou-se no sofá surrado. Após alguns minutos, Sophia entrou na sala, vinda de um quarto que usava para fazer manicure. Ela acenou para a sua cliente que estava saindo, alisou sua saia longa, e estendeu os braços para abraçar Fabiana.

— Madame Sophia, obrigada. É muito gentil de sua parte.

A mulher de setenta anos ajustou seus óculos tipo Sophia Loren e disse:

— Minha querida Fabiana. Chame-me de Sophia. Como o tempo voa. Da última vez que te vi, você tinha, o quê, treze anos?

— 1977, depois que meu avô faleceu.

— Que descanse em paz. Que tal algo para beber?

— Estou bem. Que tal eu te levar para jantar por minha conta.

Sophia aceitou a oferta.

— Será que posso te incomodar com outro favor — Fabiana continuou.

— Manicure? — Sophia riu e olhou para as unhas de Fabiana. — Suas unhas estão okay, querida. Mas vou aplicar meus novos decalques. Venha. Você vai adorar meu novo jaguar rugindo.

— Sério? Um jaguar que ruge? — Fabiana perguntou incrédula.

— Deixe-me te mostrar —Apontando com os dedos, Sophia indicou a porta da sala de manicure. Suas unhas longas e curvas lembravam garras de abutre. Ela direcionou a atenção de Fabiana para uma cabeça de jaguar de metal, do tamanho de uma grande xícara de café, no canto da mesa de manicure. — Comprei esta caixa de música há muito tempo. Bonita, né? Precisa girar a manivela com cuidado. Sente-se e veja o jaguar rugir.

O jaguar soava como um carburador defeituoso. Emitiu ruídos intermitentes até parar de funcionar.

— Isso realmente dá o que falar. Dê corda nele. — Sophia disse, movendo-o para perto de Fabiana. Ela assim o fez, mas a chave se soltou. Fabiana se desculpou pelo ocorrido.

— Tudo bem, querida. Veja o que vou fazer. — Sophia enfiou varetas de incenso na boca aberta do jaguar e as acendeu. A fumaça do incenso se movia no ar. Fabiana prendeu a respiração pensando: "Gente! Que cheiro de incenso queimado é esse?" Sophia pegou uma caixa de esmaltes de unha embaixo da mesa e começou a pintar as unhas de Fabiana. Ela estudou a garota pensativa por cima do aro de seus óculos grandes.

— O que está te incomodando, querida?

— Onde irei encontrar outro jaguar para substituir este que eu quebrei?

— Bobagem! Eu sei ler as pessoas. Coisas boas estão vindo em sua direção, mas você precisa resolver alguns negócios inacabados em Selvita.

— Acho que sei do que você está falando — Fabiana disse.

Madame Sophia suspirou e terminou a manicure. Fabiana ficou surpresa com a rapidez da aplicação do esmalte.

— Madame Sophia, obrigada. Gostaria de pagar pelo seu tempo e comprar outra caixa de música. Me avise onde posso encontrar uma.

— Fabiana sentia um pouco de dor de cabeça por cause do incenso. Quando as unhas secaram, Madame Sophia aplicou decalques de estampa de animais.

— Adorei — disse Fabiana, admirando suas unhas.

— Agora, venha comigo. — Sophia conduziu Fabiana por um corredor com três portas fechadas. — Banheiro, meu quarto e o de hóspedes, quer dizer, seu quarto esta noite.

Fabiana indicou uma das fotos em preto e branco na parede entre os dois quartos.

Sophia explicou: — Ah, sou eu, essa modelo neste anúncio de carro, Simca Chambord, Verde pistache. Grande como um barco. Interior cor de creme, lindo. Meu noivo, um cara importante, conseguiu esse trabalho para mim. Foi por volta do final dos anos cinquenta. Ou poderia ser o final dos anos sessenta? De qualquer forma, eu era bonita naquela época. Mal sabia que seria meu último trabalho. Um dia, assim do nada, meu noivo me deixou. Ninguém me contratou desde então. Ao longo destes anos, tive altos e baixos. E nunca tive outro relacionamento que valesse a pena.

— Sinto muito ouvir isso — disse Fabiana.

Sophia ofereceu chá e Fabiana disse que estava bem. Elas se acomodaram no sofá.

— Você gosta de ler? — indagou Sophia.

— Sim, Machado de Assis é meu autor favorito.

— Li 'Dom Casmurro' no ginásio. Por que gosta dele?

— Ele escreve sobre as contradições da sociedade de uma maneira muito realista — Fabiana disse. — Sabia que ele era autodidata e aprendeu a falar francês, inglês, alemão e grego já velho? Ficarei feliz em aprender inglês bem, mas realmente precisarei de um tutor. E você, o que lê?

Madame Sophia deu de ombros antes de responder que lia qualquer coisa relacionada a tópicos esotéricos ou gibis.

— Meu ex-namorado também lê gibis. Ele é legal. Mas não estou pronta para casar e começar uma família. A gente se conhece desde 1977.

— O que ele faz?

— Trabalha em um banco, fazendo empréstimo para pequenos empresários como minha mãe. — Fabiana se levantou e se postou diante de uma foto emoldurada na parede. Sophia disse:

— Maravilhosa, né? Presente de um amigo.

— Ele capturou muito bem as rosetas do jaguar. Eu tive um encontro bem próximo com um antes de viajar pro Rio. As manchas de seu corpo se pareciam mesmo com rosas. Sabe de uma coisa? Sobre negócios inacabados, acho que você estava se referindo ao meu trabalho artístico. Eu era ilustradora. Talvez eu devesse retomar isso. Vou te desenhar algo.

— Não se preocupe, querida — elas entraram na cozinha, onde ouviram um miado.

— Ah, isso me lembra de seu gato — disse Fabiana.

— Um gato? Eu não tenho um.

— Achei que fosse seu.

— Não, não é meu. — Guiada pelo som, Sophia escancarou o armário sob a pia. — Oi gatinho, procurando algo para comer embaixo da minha pia?

— Por falar em comer, onde posso te levar para jantar?

— Tem um bom restaurante italiano chamado Primavera, uns quinze minutos a pé daqui. Podemos ir depois da minha cliente das 17 horas. Se você estiver com fome agora, eu posso fazer um sanduíche de atum.

— Não, obrigada. Comi algo na rodoviária. Vou passear pela redondeza pra passar o tempo.

Depois que Fabiana saiu, Sophia se agachou e encarou o gato encurvado. — Você tem artrite como eu? É? Bem, não espere que eu cuide de você. Vem. — O gato não se moveu. Sem medo, Sophia pôs a mão na parte de trás do pescoço dele e agarrou a pele solta. Carregando o gato com o braço estendido, ela abriu a porta da frente e olhou em todas as direções. A rua estava deserta. Certa de que ninguém estava olhando, ela abandonou o gato em um despenhadeiro próximo. Em seguida, revirando os olhos e assobiando uma melodia feliz, ela limpou as mãos na saia longa e voltou para casa.

Fabiana caminhava pelas ruas perto da casa de Sophia, observando as vitrines das lojas. Seu olhar foi atraído por um par de sandálias de dedo na vitrine com cabeça falsa de cobra e linguinha bifurcada. O corpo da cobra era uma espiral que se estendia até o joelho do manequim. Os saltos altos das sandálias contrastavam com os tênis e sapatilhas que Fabiana usava no dia-a-dia. Uma vendedora, na entrada da loja, notou o interesse de Fabiana e a convidou a entrar. Curiosa, Fabiana a seguiu e sentou-se.

Quando a vendedora abriu a caixa, entregou-lhe as sandálias como se fossem preciosas obras de arte. Rindo, Fabiana brincou com a língua bifurcada da cobra. Dobrou as pernas da calça até os joelhos e deslizou os pés nas sandálias. — Servem perfeitamente — Fabiana disse e admirou suas pernas no espelho. As outras vendedoras acenaram para Fabiana encantadas. Fabiana comprou o par de sandálias, mas assim que saiu da loja, se arrependeu. "Onde vou usar meus novos saltos altos?"

Fabiana passou por um quiosque de perfumes na calçada e deixou que a vendedora borrifasse diferentes perfume em seu antebraço, pulso e mãos. Ela perguntou por algumas marcas internacionais, e esperando que não fossem falsificações, comprou duas marcas como presentes.

Linhas do Destino

Fabiana retornou à casa de Sophia um pouco depois das 17 horas, tomou um banho e descansou em seu quarto. Quando Sophia bateu à porta e disse estar pronta, caminharam até o restaurante Primavera, e eram as únicas clientes naquele momento.

— A comida aqui é boa — disse Sophia e pediu dois coquetéis Onça Pintada, de maracujá e sementes, para começar.

Bebendo seu drink como uma conhecedora, Sophia fez um gesto para Fabiana beber também.

— Forte pro meu gosto. Leva cachaça, né?

— Sim, é um gosto adquirido, querida. Experimentei pela primeira vez em um safari na selva.

— Quando foi isso?

— Em 1972. Foi lindo. Eu estava apaixonada. — Sophia tomou mais um gole da sua bebida. Perguntou e respondeu sua própria pergunta:

— O que é o amor, afinal? Permitir que outra pessoa leve tudo de você. Isso já aconteceu com você?

Fabiana considerou sua limitada experiência romântica e confessou:

— Talvez uma ou duas vezes.

O garçom trouxe pão e anotou os pedidos delas - espaguete com almôndegas, lasanha, e mais um Onça Pintada para Sophia.

— Algumas pessoas tratam outras pessoas melhor que outras — disse Sophia, bebendo seu segundo coquetel como se fosse água.

Fabiana sentia-se tonta. Seu rosto ardia. Ela comeu um pedaço de pão. — Pessoas gentis. Você poderia dizer isso do meu falecido avô. Você o conheceu, né?

— De fato, querida. Ele era a pessoa mais gentil do mundo. Gostava de fazer as coisas do jeito dele.

Sophia chamou o garçom e pediu um terceiro Onça Pintada.

Fabiana levantou seu copo. — Um brinde às boas pessoas.

Quando o jantar terminou e a conta estava na mesa, Sophia abriu sua bolsa. Fabiana levantou as mãos.

— Sophia, eu insisto. O jantar é por minha conta.

— Eu sei, querida. Só queria te mostrar isso — disse tirando cartões de visita amarrados com um elástico. Fabiana observou com curiosidade Sophia colocando os cartões na mesa como se estivesse prestes a ler a sorte.

— Ah! Aqui está. Pra você.

— Trevor - Detetive Particular?

— Sim, ele é um amigo que mora perto de você. Nunca se sabe quando vamos precisar de um investigador particular. Se puder, passe por lá e diga que eu mando lembranças.

Na manhã seguinte, Fabiana presenteou Sophia com um frasco de perfume e seguiu para a calçada para esperar o táxi que a levaria para a rodoviária. Sophia acenou e permaneceu ao lado das buganvílias vermelhas que adornavam a fachada de sua casa.

Assim que o táxi desapareceu de vista, Sophia discou um número.
— Adivinha quem esteve aqui? ... Aquela pestinha! ... Ela está voltando para Selvita. ... Eu sei ... Não erre desta vez! Sophia desligou o telefone e examinou suas unhas, perguntando a si mesma:

— Como você quer suas unhas hoje, querida? — Depois de alguns segundos, mudando para uma voz autoritária, ela mesmo respondeu:

— Quero uma manicure francesa com pontas pretas.

Fabiana percebeu que ela havia se convencido de estar apaixonada por Paolo. O maiô com estampa de roseta comprado no Rio, destinado apenas aos olhos dele, só intensificava seu imenso sentimento de desilusão. Preocupada com a desaprovação de sua mãe em relação ao maiô nada conservador, Fabiana discretamente o descartou numa lixeira na rodoviária de Campo Grande, esperando deixar para trás não apenas o lembrete tangível, mas também as expectativas não realizadas que pesavam em seu coração.

Tomou seu assento no ônibus e releu a carta de amor para Paolo, escrita após o segundo encontro no Rio, aquela guardada em sua frasqueira de maquiagem. A jornada de seis horas de Campo Grande para Selvita foi monótona, e a fez cochilar. Em Selvita, ao descer do ônibus, irritada, ela rasgou a carta em pedaços e os jogou na lixeira mais próxima. E foi à fila de táxi e seguiu para sua casa.

Segundas Chances

Ao ser informado pela recepcionista do banco que Fabiana havia retornado, Johnny ficou inquieto. Quando ansioso, ele sempre comia paçoquinha de amendoim e desencadeava lembranças de seu aniversário de 10 anos.

Olhando pela janela de seu escritório sem ver a floresta luxuriante, incluindo árvores como o Ipê rosa, jacarandás e palmeiras, a única coisa na mente de Johnny era Fabiana. Ele se sentou, recostou-se em sua cadeira, leu alguns documentos que logo descartou e abriu uma gaveta. Seus olhos se depararam com uma caixa de paçocas de amendoim.

Johnny nem precisava ler as informações nutricionais. As cicatrizes de seu décimo aniversário seguiam vivas em sua mente. Seu único convidado, um garoto da casa ao lado, tinha lhe dado uma caixa com dez paçocas de presente. Após a festa, o pequeno Johnny se sentou na varanda e devorou tudo, não deixando nada para sua mãe. Glorieta pegou a caixa de seu colo, e mostrando-a perto de seu nariz, o obrigou a ler: Cento e quinze calorias. Cada paçoca!

Cada vez que olhava para a caixa em sua gaveta, a palavra 'cada' ecoava em sua mente. O doce tinha metade do tamanho de um cartão de visita.

Dando de ombros, Johnny pegou uma paçoca, desembrulhou-a e a comeu com prazer. Ele bateu em sua barriga arredondada e pegou mais uma, e mais outra, e em menos de dois minutos, ele tinha comido seis paçocas. Ainda mastigando, desembrulhou a sétima e se sobressaltou com o som repentino do interfone. Atendeu tentando ao mesmo tempo engolir a paçoca, murmurou, mas não conseguiu dizer alô. Como um pássaro, moveu a cabeça para cima e para baixo enquanto ouvia a voz do outro lado da linha. Tomou um gole de água e finalmente engoliu o doce seco. Era sua secretária dizendo que seu cliente das 14 horas havia cancelado.

Irritado, Johnny sacudiu a cabeça, bateu o telefone, e desembrulhou e comeu as últimas paçocas ao mesmo tempo. Jogou os papéis de embrulhos na lixeira e saiu do escritório para visitar Fabiana.

Fabiana estava em seu ateliê no quintal, segurando um desenho dos olhos de Johnny. Quando Johnny bateu na porta, ela a abriu, ergueu os olhos do desenho e olhou para os olhos de Johnny bem à sua frente.

— Bi! Tudo bem? Senti sua falta.

— Johnny. Como vai?

— Tudo bem. Você tem planos pro carnaval?

— Não. Preciso de paz e sossego.

— Você acabou de ler minha mente. — Ele afrouxou a gravata. — Quente aqui, né? Que tal um sorvete?

Foram à única sorveteria de Selvita. Nada havia mudado. Os pássaros, as lindas flores de Ipê, e até o delicioso sorvete de açaí derretendo-se sob o calor da tarde trouxeram lembranças e indicaram a Fabiana que ela estava de volta.

— Você concluiu seu curso?

Fabiana assentiu com a cabeça, mas não se desculpou por tê-lo deixado tão abruptamente há quase seis meses.

Daquele dia em diante Johnny passou a frequentar a casa de Fabiana logo após deixar o trabalho.

A vizinha de Fabiana, Carole, já tinha visto Johnny passar diversas vezes em frente a casa dela. Esta noite, esperava por ele. Usando um shortinho e um tomara-que-caia branco de renda que revelava seu sutiã vermelho, ficou na calçada perto do portão de ferro, olhando para o relógio de pulso, imaginando que o moço iria admirar sua pele morena.

Quando viu o carro de Johnny se aproximando, Carole fixou o olhar nos olhos do motorista. Aquele momento embora breve pareceu uma eternidade para os dois e foi suficiente para fazer Johnny olhar pelo espelho retrovisor e ver a garota esticando os braços e se curvando para massagear o calcanhar. Ele quase não parou na casa de Fabiana.

Após descobrir que Johnny e Fabiana estavam namorando novamente, Glorieta suavizou seu tratamento. Até comprou uma nova camisa com estampa de tucano para ele dizendo:

— Use esta, Johnny. Você tem que ser um conquistador, um Casanova, meu rapaz. Olé! — fingiu tocar um par invisível de castanholas. Glorieta despejou um punhado da colônia Brut em suas mãos e se aproximou dele como um touro.

Ziguezagueando na frente de sua mãe para evitar a colônia, Johnny deixou cair a caixa de chocolates que planejava levar para Fabiana.

— Seu desajeitado!

Johnny compensou sua manobra, dizendo:

— Essa caixa de chocolates é pra você, mãe.

Deixando a caixa no chão, Johnny saiu furioso de casa. Entrou em seu carro e dirigiu esperando no fundo ver a garota vizinha com a blusa tomara-que-caia ao longo do caminho. Porém, isso não aconteceu.

Durante sua hora de almoço, Johnny ficou atrás de Fabiana, observando-a pintar um olho em papel de aquarela. Descascando uma banana, ofereceu seus comentários, não solicitados:

— Não entendo. Por que o olho morto de um peixe é considerado arte?

— Você não precisa voltar pro banco? — Fabiana respondeu abruptamente e saiu para tomar ar fresco. Um dia diria a ele que seu olho era a inspiração para a ilustração de seu peixe morto. Segurando e estudando a pintura, Johnny postou-se diante da porta. Naquele exato momento, Fabiana a abriu. A obra de arte ainda molhada se chocou contra Johnny, manchando seu terno de poliéster.

Fabiana encarou sua pintura borrada.

Johnny olhou para a mancha na lapela de seu terno.

— Você acabou de arruinar um terno perfeito. E agora o que vou fazer? — Ele largou a pintura no chão, olhou para ela com desapontamento nos olhos, proferiu um insulto, e saiu.

Fabiana segurou a vontade de rir. Olhou pela janela e saiu novamente. Pequenas moscas rodeavam cascas de banana, cortesia de Johnny. Ela pegou a tampa e a bateu na lixeira. Voltou ao seu estúdio, olhou para sua obra danificada e decidiu alterar o desenho. Usando giz pastel vermelho e preto, transformou o olho de peixe em uma visão horripilante. A íris era vermelha, e o olho estava contornado por uma linha preta forte.

— Estou ficando cansada das birras de Johnny. Na verdade, não sei por que estou perdendo meu tempo com ele. O comportamento dele é ridículo. É isso. Esta é a última vez que desenho os olhos dele.

Acima de tudo, Fabiana não iria aceitar as críticas injustas e não solicitadas de Johnny. — É hora de rosetas, de agora em diante. Johnny ruge demais. Ele pensa que é um jaguar, mas não é um para mim.

Balançou a cabeça. Depois de desenhar rosetas do jaguar, Fabiana deu um suspiro profundo e sentiu sua frustração se dissolver como gelo sob o sol.

Vizinhos Inesperados

Pearl entrou na sala de estar, pronta para voltar ao seu escritório, e se deparou com Fabiana olhando pelo olho mágico da porta.

— Quem está aí fora?

— Nossa nova vizinha. Como ela chama?

— Filha ou mãe? — perguntou Pearl.

— A filha.

— Carole — disse Manuelito que fazia sua tarefa.

— Parece estar chorando — observou Fabiana.

— Deixe-a entrar disse Pearl.

Carole entrou com soluços, abaixou a cabeça e enxugou as lágrimas borradas de rímel com as mãos.

— O que aconteceu? — Pearl indicou para a garota angustiada se sentar ao seu lado. Carole obedeceu e começou a chorar novamente. Preocupada, Pearl se virou para seu filho:

— Manuelito, corre buscar um copo d'água pra Carole.

O garoto retornou prontamente com um copo de água gelada. Carole tomou um gole e devolveu o copo com as mãos trêmulas.

— Melhorou? — Pearl perguntou. — Qual é o problema?

— É o Nico! Vocês não ouviram a confusão na minha casa esta manhã?

Todos balançaram a cabeça. Carole pegou um lenço de papel sujo de baixo da manga de sua blusa e assoou o nariz timidamente. Ela dobrou o lenço usado e o colocou de volta embaixo da manga.

— Manuelito, Kleenex! — Fabiana urgiu.

Ele correu em direção ao banheiro. Ao retornar, Pearl revirou os olhos, no entanto Carole agradeceu ao aceitar o papel higiênico e assoou o nariz deliberadamente. Ela segurou o papel molhado por um momento, olhou ao redor incerta e, o escondeu com os outros papéis em sua manga.

— Esta manhã, trancamos Nico em seu quarto, do lado de fora, para impedir que ele, uh... tá bom, bebesse. — Carole olhou para todos a fim de detectar alguma perplexidade, mas ninguém a interrompeu. — Meu irmão é claustrofóbico. Ele nos implorou para abrirmos a porta. — Carole disse lançando um olhar angustiado para Pearl.

— Entendi — disse Pearl.

— Então, meu irmão forçou as dobradiças, quebrou a porta, saiu de casa de um jeito terrível e voltou algumas horas depois. Bêbado. Começou a quebrar coisas. Ai, Pearl, foi terrível! Horrível!

— Ele machucou alguém? — perguntou Pearl.

— Oh não, ele nunca encostou um dedo na gente. — Carole soluçou. — Pearl, posso falar com você em particular?

— Mãe — interrompeu Fabiana. — Preciso enviar meu currículo para as empresas de turismo da região. Manuelito, pode me dar uma carona até o correio?

Estendendo a mão, o garoto pediu pagamento.

Pearl revirou os olhos e acenou para Carole segui-la pelo corredor até o seu quarto. Quando estavam a sós, Carole soltou um suspiro profundo.

— Pearl, o Nico não está bem. Preciso emprestar mais — ela abriu um sorriso implorante — um 'cem-zinho', por favor.

— Emprestar de novo? Você prometeu devolver-me tudo hoje.

— Ia mesmo te pagar — Carole choramingou, segurando um papel usado sob o nariz. — Sua bondade no mês passado realmente ajudou todos nós. Mas precisamos comprar mais remédios pro Nico. Você é minha última opção.

Com um semblante irritado, Pearl abriu sua bolsa e falou:

— Cinquenta é tudo o que tenho. Preciso emprestar dinheiro pro meu próprio negócio.

Com o dinheiro dobrado em sua mão, Carole acompanhou Pearl de volta para a sala de estar. Ignorou Fabiana e Manuelito negociando a tarifa para irem de bicicleta até o correio, e disse:

— Obrigada pela sua compreensão, Pearl.

Pearl informou aos filhos que precisava ir ao seu escritório terminar o balanço diário e voltaria em breve.

***

Johnny pegou o folheto sobre como ganhar dinheiro vendendo Tupperware. Jogou-o na lixeira e conferiu o horário no relógio na parede. Apenas cinco minutos haviam se passado desde a última vez que o verificara; teria que esperar pelo menos quarenta minutos antes de poder encerrar o expediente. Olhou com desgosto seu casaco manchado com a pintura de Fabiana e o deixou na cadeira giratória. Fechou o escritório e foi ao banheiro no corredor onde tentou lavar as manchas de tinta em suas calças com água, mas apenas piorou a situação.

— Droga. Metade do meu salário acabou de ir pelo ralo. — Lembrou de como havia saído furioso do estúdio de Fabiana. — Quem compraria uma pintura de olhos de peixe morto? Arte, para mim, é a pintura do grande mestre Botticelli.

Quando voltou, notou a porta de seu escritório entreaberta e pela fresta viu sua cadeira virada. A pessoa sentada na cadeira se virou para ele, chacoalhando o paletó.

— Mãe?

— Não. O tatu. O que que aconteceu com seu terno? Você não sabe que precisa estar apresentável pra reunião? — disse Glorieta irritada.

— Reunião? Com quem?

— Com seu chefe sobre seu futuro aqui. Prestle está esperando. Anda. Vamos lá. — Ela se levantou e jogou o paletó manchado sobre

106

a cadeira. Em seguida, ela pegou o folheto da Tupperware da lixeira e disse:

— Cubra essa mancha nojenta de sua calça com isto.

Glorieta não se deu ao trabalho de bater na porta de Prestle. Abriu-a e empurrou seu filho, fazendo-o entrar de forma um tanto desajeitada. Após ajeitar seu terninho Prada, acomodou-se com charme em uma ampla poltrona.

— Johnny! — Prestle ajustava seus óculos no nariz. — Por favor, sente-se, jovem. Há quanto tempo você está conosco?

Johnny sentou-se de frente para Prestle e de costas para sua mãe. Ajeitando a gravata e apoiando o folheto em seu colo, ele respondeu:

— Dois, não, quase três anos.

Prestle lançou um olhar além de Johnny, encontrando Glorieta piscando de maneira provocante e exibindo um sorriso maroto. Prestle não se conteve e sorriu. Pensando que Prestle estava sorrindo para ele, Johnny retribuiu o sorriso. Glorieta levantou-se e ficou ao lado de Prestle. Ela passou a língua pelos lábios ressecados pelo batom laranja, e sorriu para Johnny. Chegara o momento de Prestle apresentar a ideia de Glorieta a Johnny.

— Johnny, sua estratégia para economizar papel higiênico foi brilhante. Uma realização digna de uma promoção. Mas nos orgulhamos de ser um banco familiar. Você já deve ter notado que todos os nossos gerentes são casados. E de alguma forma, nós, quero dizer, o banco, tem esperado... — Prestle tirou os óculos e fingiu limpá-los — ... que você me avise quando será o dia do seu 'C'.

— Dia do meu 'C'?

— Sim, ganhe sua promoção casando-se — explicou Glorieta animada.

— Glorieta diz que você e a senhorita Fabiana Grande estão se vendo novamente. — Olhando nos olhos de Johnny, ele repetiu: — Avise-nos quando será o dia 'C'. — Prestle recostou-se e acariciou discretamente as costas de Glorieta, e ela vibrou dando risadas.

Johnny olhou perplexo para sua mãe quando ela disse:

— Seja um homem com objetivos, meu rapaz. — Glorieta voltou sua atenção para Prestle e disse: — Vamos beber. Um brinde ao dia 'C' do Johnny!

Johnny olhou para seu relógio, recusou a bebida e disse adeus.

Prestle ofereceu a Glorieta um uísque com gelo e perguntou: — Então, minha Glo, você está feliz?

Visivelmente irritada, Glorieta bateu o pé no chão e deu de ombros.

— Conheço meu filho. Ele não vai seguir em frente. Mesmo que ele se case com Fabiana, ele não me dará a satisfação de obter uma procuração. Oh! Prestle, quero a escritura da Fazenda Santa Fabiana em meu nome. Em 1977, quando cuidei de Jackson, ele concordou em deixar a fazenda para mim. Ele não expressou com palavras; mal podia falar. Mas, acenou com a cabeça. Prestle, ele assentiu quando solicitei que deixasse a fazenda para mim. Então, Pearl surgiu com seus filhos e usurpou a propriedade que era praticamente minha. Eu já tinha feito vários planos. E vou incluir você neles, meu querido. Tenho certeza que vou ganhar milhões se, quero dizer, nós, conseguirmos colocar as mãos naquela terra. — Glorieta tomou o uísque e, com um brilho malicioso nos olhos, disse:

— Eu sei o que preciso fazer.

— Disso, não tenho dúvidas, Glo. Agora, me mostre o lindo sutiã de renda que você prometeu.

— Comprei pensando em você — sussurrou em seus ouvidos. Desabotoando sua blusa, Glorieta dançou o chá-chá-chá, permitiu que ele cheirasse o aroma de seu busto voluptuoso, enquanto lançava olhares sutis para seu relógio de pulso. Ao perceber Prestle ofegante por ar, ela alertou:

— Lembra do nosso último encontro? Sua pressão arterial e tudo mais? Você precisa se acalmar a partir de agora. Certo? — Glorieta abotoou sua blusa e apressou-se em direção ao seu carro no estacionamento do banco.

O Plano Escorregadio

Glorieta estacionou bem na frente da loja de Pearl. Nos últimos dias, ela fazia visitas frequentes ao estabelecimento no final da tarde para saudar Pearl e fazer encomendas para o banco. Hoje, ela tentou abrir a porta e constatou que estava destrancada. Sabia muito bem que, a essa hora, o chão estaria sendo ensaboado e muito escorregadio como uma pista de patinação. Pearl estava em seu escritório, alheia à presença de Glorieta. Lourdes, a ajudante de Pearl, estava reabastecendo o balde com água limpa na pia do quintal.

"Perfeito!" Com um sorriso astuto, Glorieta bagunçou seu cabelo, fazendo-o parecer uma juba de leão curta e espetada. Em seguida, deitou-se no chão ensaboado e soltou um grito que reverberou por toda a casa.

Pearl entrou na sala correndo e encontrou Glorieta caída no piso molhado gemendo de dor. Ela se agachou, tentando acalmá-la. E Lourdes se aproximou, pedindo desculpas.

— Não consigo me erguer. Acho que fraturei alguma coisa. — Glorieta fez uma expressão de dor, simulando que não conseguia se levantar sozinha.

Lourdes queria ajudá-la a se levantar, mas Pearl estendeu o braço para impedi-la. — Vamos chamar uma ambulância.

— Não, não — objetou Glorieta conseguindo se sentar gemendo. — Não quero causar inconveniência. Eu vou ficar bem.

Pearl pediu a Lourdes para colocar toalhas secas no chão, pegar uma bolsa de gelo, e puxar uma cadeira. Enquanto, ajudava Glorieta a se sentar na cadeira, Pearl pensava que não podia arcar com um processo. Ela perderia tudo.

— A bolsa de gelo e um copo d'água serão suficientes —insistiu Glorieta. Um movimento repentino perto da janela chamou sua atenção. Alguém com os olhos escondidos sob um boné estava observando, mas sumiu antes que ela pudesse identificar quem era.

Com o auxílio das duas mulheres, Glorieta caminhou com dificuldade até seu carro e se despediram. Ela se olhou no espelho retrovisor e questionou: — Será que alguém viu minha queda? Espero não ter arruinado meu terno Prada em vão.

***

— A promoção me permitirá comprar minha própria casa. O casamento não parece ser má ideia —Johnny disse enquanto olhava o retrovisor do seu VW Fusca. Dirigia devagar, aproximando-se da residência da jovem de blusa reveladora.

Naquele bairro tranquilo, carros não passavam com muita frequência. Mas quando a garota ouviu o som do carro perto de sua casa, ela caminhou em direção ao portão de ferro e ficou na calçada. Quando Johnny passou, ela inclinou sensualmente o corpo e tocou seu tornozelo deixando à vista suas pernas tonificadas e bronzeadas. Nessa posição, travou olhares com Johnny, que ergueu sutilmente as sobrancelhas. Johnny ainda podia ver a imagem da garota pelo retrovisor enquanto estacionava na frente da casa de Fabiana em tempo de vê-la, juntamente com Manuelito, descendo da bicicleta.

— Boa noite. Como vai, Bi? — Johnny cumprimentou-a com um abraço forte e um beijo leve nos lábios. Fabiana notou o paletó manchado no banco de trás.

— Oh, não se preocupe com o terno. Em breve vou comprar um novo para uma ocasião especial. Caramba, estou cansado! Tive um dia muito agitado. Sua mãe está em casa?

— Por que quer saber?

— Quero perguntar uma coisa.

— Vou chamá-la — disse Manuelito.

111

Alguns minutos depois, Pearl entrou na sala, seguida por Manuelito, e cumprimentou casualmente.

— Oi, Johnny. Sente-se.

Johnny caminhou até o sofá, mas mudou de ideia. Passando a mão na testa brilhante e suada e abanando-se, Johnny voltou para perto da porta de entrada.

— Pearl, sentei o dia todo no trabalho hoje.

— Nossa, o que foi? — Fabiana perguntou.

— Bi, você sabe que não sou de papo furado. Se seu pai estivesse aqui, eu falaria com ele. Então, vou falar com sua mãe. —Limpou a garganta e pareceu estar desconfortável. — Pearl, estou aqui para pedir sua permissão para casar com sua filha.

— Johnny! — Fabiana mostrou-se surpresa.

— Um minuto. Manuelito, querido, vá fazer sua tarefa. O jantar estará pronto em meia hora.

Só para provocar, ele olhou para a irmã e saiu da sala andando como se fosse uma noiva e assobiando a marcha nupcial.

— Agora, onde estávamos? — Pearl ficou aliviada por Johnny não ter vindo exigir compensação pelo acidente de Glorieta. Ela se perguntava se Johnny sequer sabia disso.

— Pearl, trabalho no banco há quase três anos, assim sendo tenho um bom emprego — disse Johnny com orgulho. — Foi quando me dei conta. É hora de me estabelecer e ser um homem de família. Eu acho... que sua filha vai me fazer muito feliz.

— E você a faria muito feliz, Johnny?

— Prometo fazê-la a mulher mais feliz do mundo.

— Você poderia dar o mundo à minha filha?

Ouviram uma batida urgente na porta. Johnny olhou pelo olho mágico, e foi atraído por um decote em forma de coração. — Duas mulheres — disse e reconheceu que uma delas era a jovem encantadora que avistara anteriormente junto ao portão de ferro.

A Atração

Johnny abriu a porta com um sorriso cordial, convidando as mulheres a entrarem. Carole passou a mão nos cabelos fingindo não perceber a atenção de Johnny.

Ula falou com voz urgente:

— Pearl, você não assiste novelas? Estamos desesperadas para saber o que vai acontecer hoje. Meu filho se trancou no quarto com a TV.

— Você não disse que o Nico é claustrofóbico? — perguntou Fabiana.

— Sim, se a porta for trancada pelo lado de fora. Não, se ele mesmo trancar a porta. Ainda está bravo conosco, então colocou a TV no quarto — explicou Ula.

Após Fabiana ligar a TV, Pearl se ergueu e com um sorriso pediu a Fabiana que a acompanhasse até a cozinha.

— Querida, você e o Johnny formam um casal tão adorável.

Com um revirar de olhos, Fabiana retornou para a sala e flagrou Johnny olhando furtivamente para o decote de Carole. Notando o olhar dele, Carole se endireitou. Johnny ficou inquieto abrindo e fechando as mãos. Ula estava sentada na poltrona com o rosto quase tocando a tela da TV.

A novela 'A Perspectiva da Mudança' começou mostrando um vaso de cristal Baccarat. O título e os créditos rolavam ao som de uma música melancólica, que Ula adorava. Carole levou o indicador aos lábios, pedindo:

— Mãe, não cante, por favor.

Enquanto os atores começavam a atuar, Ula explicava a trama da série:

— Stewart tem que estar lá. Eles estão leiloando os itens de Rose Crown. Ela foi uma pioneira da TV. Ele quer um pedaço da história.

— Apenas Johnny lhe deu ouvidos e sorriu. Ula interrompeu várias vezes durante o episódio de uma hora: — Tenho certeza de que Stewart vai querer alguns dos diários dela... Gente! Ele quer o vaso?!? Não acredito! — Carole e Fabiana a ignoraram da melhor forma possível.

Durante o comercial, Pearl ofereceu algo para comer.

— Gosto de tudo o que você cozinha — disse Johnny.

— Asinhas de frango. Alguém quer?

— É o meu prato favorito — afirmou Carole passando a língua pelos lábios e lançando um olhar provocante para Johnny. Ele sentiu um arrepio em resposta.

A música melancólica da novela novamente preenchia o ar.

— Gente, a novela — exclamou Ula, continuando seu monólogo como se estive conversando com os atores — Não, Megan, você não pode levar nada... Aposto que você vai querer ficar com tudo que foi de sua avó... Gente, o carteiro vai dizer que dormiu com Rose. Ele pensa que ela é Rose Brown. Mas ela é Rose Crown. Eu sei porque li na revista. — Ula e Carole riram alto, assustando tanto Johnny quanto Fabiana. — Viu? Não foi engraçado? Acho que Cindy, a filha de Rose, quer ficar com o vaso de cristal. Megan, a filha de Cindy, quer as rosas de seda.

Johnny foi o único que olhou para Ula e acenou com a cabeça.

Durante o próximo comercial, Ula se levantou da poltrona. Manuelito entrou na sala e distribuiu utensílios e produtos de papel. Pearl trouxe a bandeja de asinhas de frango com molho de limão e mostarda e pediu que se servissem. Sendo a última a se servir, Carole manteve a bandeja no colo. Sabendo que Johnny e Ula queriam mais, Carole ficou confusa sobre a quem passar a bandeja primeiro, e moveu-a para o lado, respingando molho na calça de Johnny.

Atônito, Johnny olhou a mancha e Carole, e disse com um tom de voz tranquilizador:

— Não se preocupe. Acontece.

Fabiana franziu a testa, pensando que apenas algumas horas antes, Johnny tinha ficado furioso com a mancha causada por sua pintura em seu paletó.

— Isso acontece com a gente o tempo todo. Minha filha e eu brincamos com esse jogo de passar a bandeja de um lado pro outro.

— Dispensando a mancha como se não fosse nada, Ula continuou:

— É apenas molho. Tenho certeza de que você tem uma boa lavanderia a seco.

Quando a novela recomeçou, Carole pediu à mãe que os deixassem assistir em silêncio.

Megan, a neta de Rose, sempre apostava dez vezes mais. — Dou-lhe uma, dou-lhe duas ...— A câmera dava um close-up de Cindy sorrindo com aprovação. E para deleite da mãe e da filha e descrença dos presentes, Cindy e Megan acabaram dando os lances vencedores e levando para casa a maioria das lembranças de Rose listadas no catálogo.

— Fico feliz que a Cindy tenha ficado com as coisas de sua mãe — disse Ula.

— Eu também — concordou Carole, respirando de modo a fazer seu busto subir e descer ritmicamente. Johnny estava hipnotizado pela blusa rendada da garota.

Carole e Ula disseram que a comida estava deliciosa e se despediram. Johnny segurou seu prato de papel na frente das calças manchadas; e estava prestes a seguir as duas mulheres quando Pearl o deteve.

— E então?

— Como? perguntou Johnny.

— Você pode dar o mundo à Fabiana?

— Oh, claro! — Johnny sorriu. — Bi, quando nos casarmos, você não precisará mais trabalhar. Serei promovido e vou trabalhar pra nós dois. Tenho certeza de que você ficará ocupada cuidando da casa e nossa família.

— Mãe. Não consigo pensar em casamento agora. Desculpe.

— Não se preocupe — disse Johnny, despedindo-se e se apressando para o seu carro. Ele dirigiu lentamente pela casa de Carole, e a viu fechando o portão de ferro com o olhar fixado nele.

— Qual é o nome dela? — Ele percebeu que ninguém nunca se dirigiu à garota pelo nome.

***

Enquanto tomava banho, Johnny sentiu-se tonto e diminuiu a temperatura da água para restaurar um pouco de sua energia. Depois foi à cozinha e comeu o purê de batatas que Cida tinha feito para o jantar. Saboreava o purê e lembrava-se de Carole passando a língua pelos lábios, uma imagem que provocava várias emoções nele.

Um Novo Passeio

Fabiana tomava café na varanda e conversava com Pearl, que cuidava de seus recipientes de batata-doce, sobre ter enviado seu currículo para trabalhar como guia turístico. Quando o telefone tocou, Manuelito atendeu e passou para Fabiana:

— Como?... Sim. Posso estar aí em uma hora. — Ela informou a mãe que tinha conseguido o emprego. Logo depois, ela chamou um táxi para levá-la ao escritório de turismo perto de Selvita.

Uma voz familiar a surpreendeu.

— Olá de novo. Que bom que esteja em Selvita. Fiquei surpreso ao encontrar seu curriculum. Obrigado por ter vindo assim de última hora. Eu conduzo; você narra.

Fabiana se encontrou sem palavras diante da seriedade de Paolo. Parecia que sua língua estava travada enquanto continuava a mirá-lo.

Paolo parecia afetado ao vê-la também. Antes que o momento pudesse deixá-los desconfortáveis, ele lhe deu um roteiro e continuou:

— Vamos buscar nossos hóspedes, dois casais e suas crianças, no hotel. Tenho certeza de que você conhece os pássaros, mas passe alguns minutos lendo a narrativa do passeio.

Paolo dirigiu cerca de cinco quilômetros por uma estrada sinuosa e com solavancos. Sentada no banco da frente, Fabiana se virou para examinar uma caixa de isopor no assento traseiro do veículo. O gelo ali dentro derretia rapidamente. Ela pediu a Paolo que fizesse uma parada breve em um mercadinho. Enquanto ela fazia compras, Paolo revisava a lista dos turistas. Inesperadamente, um caminhoneiro bateu na traseira do carro de Paolo e sem prestar assistência, deixou o local proferindo insultos. O impacto inesperado impulsionou Paolo para frente.

Fabiana se apressou a seu lado e perguntou:

— Você está bem?

— Meu ombro — reclamou Paolo.

— Aplique estes cubos de gelo. Acha que precisa ir ao hospital?

— Não. Um dos turistas é médico. Talvez ele possa me ajudar.

— Descanse então, eu dirijo.

— Esta é a segunda vez nesta semana que machuco meu ombro— disse Paolo.

— Como assim?

— Alguns dias atrás, tropecei e caí em um buraco no chão, coberto por plantas, e caí no meu lado direito. Não tinha forças para me levantar. Meu braço direito estava inútil, então tive que apoiar meu cotovelo esquerdo em uma raiz e me impulsionar para cima. Depois, usei um galho grande como uma bengala para voltar ao hotel. Pensei que estava bem depois disso, mas agora meu ombro direito realmente dói.

Fabiana se encantava com o som da voz de Paolo.

Os turistas, usando chapéus de abas largas cobrindo o pescoço, aguardavam na entrada do hotel.

— Olá, pessoal. Desculpe o atraso. Sou Paolo, o motorista do barco, e esta é Fabiana, a especialista em pássaros. Tivemos um acidente no caminho e estávamos esperando que o Dr. Leeland pudesse verificar meu ombro rapidamente, se não for incômodo.

O médico o examinou e disse: — Paolo, seu ombro está fora do lugar. Vou colocá-lo de volta. Vamos para o meu quarto.

No quarto do médico, sua esposa entregou-lhe um creme relaxante muscular. Fabiana ajudou Paolo a tirar sua camisa polo e o médico aplicou o creme, aconselhando reaplicá-lo a cada três horas.

Fabiana se viu incapaz de desviar o olhar do torso de Paolo, enquanto ele correspondia ao seu olhar. Uma tensão preenchia o ar com Paolo sentado na cama. A tensão, no entanto, não durou muito, pois Paolo soltou um grito, voltando sua atenção para o médico que reposicionava seu ombro deslocado.

— Obrigado, Dr. Leeland. Estou bem agora. Estão prontos para o seu passeio? — Paolo perguntou, girando os ombros. Ele quis pagar, mas o médico recusou o pagamento, então Paolo disse que o passeio era por conta da casa. — Eu vou cuidar disso.

Paolo foi o primeiro a entrar no barco comprido. Estendendo o braço bom, ele ajudou todos a entrarem no barco. Fabiana estava preocupada porque o barco parecia instável. Perguntou:

— Há piranhas na água?

Ele assentiu, virou-se para os turistas e disse:

— Por favor, não coloquem as mãos na água. Este rio contém piranhas.

Fabiana leu as precauções de segurança, e assegurou que os turistas tinham ajustando seus coletes salva-vidas. Durante o passeio pelo rio, Paolo e Fabiana responderam às várias perguntas.

— Sim, existem jaguares ou onça-pintada como são também conhecidos. Eles são os maiores felinos das Américas, caçadores noturnos, que dormem durante o dia em árvores que marcam como seu território. As árvores proporcionam proteção contra o calor e auxiliam na camuflagem. Caçam jacarés, capivaras e outros animais.

Fabiana também apontou para capivaras, tamanduá-bandeira, jacarés, macacos, grandes ninhos e pássaros coloridos. Os turistas ajustavam seus binóculos e ficavam animados ao localizar os animais e pássaros.

— Aqueles grandes ninhos? São feitos por pássaros jabirus do tamanho de um flamingo...Aquela árvore?... Chama-se Trompete Rosa. Suas flores com pétalas levemente frisadas são incríveis, grandes, com formato de trombeta. Elas também podem ser chamadas de Tabebuia rósea. ...Venenosas?... Há informações indicando que a Tabebuia seja tóxica ou venenosa. Em geral, as árvores são cultivadas por seu valor ornamental e pela beleza de suas flores.

Os turistas agradeceram pelas informações.

Ao retornarem ao hotel, Fabiana e Paolo agradeceram a todos e em seguida passearam pelo pátio do hotel.

— Você deixou o Rio de vez? — Paolo perguntou.

— De volta às minhas raízes, sim. E você?

Rãs pequenas pulavam no pátio e faziam um som estridente que ressoava nas paredes. Fabiana pensou: "Eu não preciso beijar um sapo. Meu príncipe pode estar bem aqui ao meu lado." Ela nunca havia sentido algo tão intenso por alguém antes. Parecia que seu coração batia mais rápido a cada segundo que passava com Paolo. Tudo o que ela queria fazer era olhar para o rosto dele.

Paolo abaixou o braço bom na direção de um dos sapos para assustá-lo, e o sapo saltou para dentro da vegetação. Ele respondeu:

— Depende. Estou traçando minha árvore genealógica, seguindo os passos de um dos meus antepassados mais aventureiros. Viajei até o Rio, mas ele já tinha ido embora. Depois, recebi uma informação de que ele estava no centro do Brasil. Então, aceitei este trabalho no Pantanal.

Paolo escreveu as palavras P. IVA em um pedaço de papel e o deu para Fabiana. — Se você encontrar alguém com esse nome, por favor, me avise.

Fitando os olhos âmbar esverdeados de Paolo, Fabiana de forma surreal imaginou-os se transformando nos olhos de um jaguar. O desejo refletindo mutuamente em seus próprios olhos e nos olhos de Paolo a fez ponderar: "Quem é o jaguar? Quem é a presa?"

Voltaram para o escritório e separaram-se com grandes sorrisos nos rostos.

Depois de se reconectar com Paolo, Fabiana estava feliz e se sentindo no topo do mundo. Ficava fascinada pelo pôr do sol e pelo maravilhoso retorno dos pássaros às suas árvores no Pantanal. Em seus trabalhos, ela pintava as tonalidades de laranja, rosa e roxo refletindo em águas calmas.

Fabiana passou a acordar cedo para presenciar o nascer do sol, não apenas para observar a transição da escuridão para a claridade, mas para desfrutar de um momento de serenidade, beleza e a esperança de um novo dia no coração da natureza.

***

No dia em que fingiu cair na firma de Pearl, Glorieta foi ao salão de beleza, onde livrou-se da espuma em seu cabelo, fez uma limpeza de pele e recebeu uma massagem nas costas. Ela voltou para casa com fome, abriu a panela de purê de batatas na cozinha, sorriu nervosamente, e foi ao quarto de Johnny. Observou-o dormindo inquieto por um momento, e então bateu a tampa na panela vazia como se estivesse batendo um par de címbalos, em um ato vingativo.

Atordoado, Johnny a encarou, gemeu e a ignorou.

— Johnny, você acha que a Cida cozinha só pra você? Você vai ter uma dor de barriga, seu comilão.

Depois de fechar a porta do quarto dele, ela voltou para a cozinha, pegou uma garrafa de vinho tinto e uma taça grande. Com expressão séria, foi para seu quarto, colocou o vinho e a taça na mesinha, chutou seus saltos altos para longe, ligou a TV, se acomodou na cama e encheu a taça de vinho, bebendo como se fosse água.

Após assistir à novela por alguns minutos, Glorieta desligou a televisão, resmungando:

— Eu deveria estar atuando na novela em vez dessas atrizes de segunda categoria. Ninguém faz um desmaio tão convincente como eu. Minha atuação na firma de Pearl foi digna de um Oscar.

Alterando sua voz para um tom teatral ela relembrou sua queda falsa, enquanto enchia mais uma taça de vinho:

— Pearl, estou me sentindo tonta, girando como se fosse o ventilador do teto. Por favor, desligue-o. — Deu uma gargalhada. — Lourdes andando na ponta dos pés no chão ensaboado coberto com

121

toalhas para desligar o ventilador e dizendo 'Querido Senhor, me perdoe, eu não sabia que Glorieta estaria no escritório.' E quando Lourdes e Pearl me ajudaram como duas muletas em direção ao meu carro. E a patética da Pearl preocupada se eu poderia dirigir...

Entornou o vinho restante e ameaçou:

— Vou te processar, Pearl. Fazenda Santa Fabiana será minha.

De repente, o semblante de Glorieta endureceu.

— Será que alguém estava olhando pela janela quando eu me deitei no chão? — Alisou a testa, descartando o pensamento sombrio. — Ah, deve ter sido apenas um pássaro. Pássaros estúpidos.

***

Manuelito pedalou sua bicicleta até a firma de sua mãe para pegar os pedidos para a próxima entrega. Sem que ele soubesse, de dentro de uma cabine telefônica do outro lado da rua, um homem o observava. Sua ligação foi breve:

— Vejo o garoto. Avise-me qual é o próximo passo. — Ele ouviu, assentiu, desligou o telefone e se afastou.

Pearl pegou uma bandeja de bolinhos quentes e marcadores com as palavras banana, morango, e chocolate de um lado, e a imagem de um jaguar do outro. Disse:

— Olhe esses marcadores lindos que sua irmã criou para mim. Espera só um pouquinho, só preciso identificar cada bolinho.

— Tudo bem, mãe. Estou com fome. O sanduíche Caprese tá pronto?

O Nome da Garota

Quando Johnny estacionou em frente à casa de Fabiana, já passava das dezoito horas. Saiu do carro e ficou parado na calçada vasculhando a área na esperança de ver a garota com a blusa reveladora. Estava sem sorte esta noite.

Era a hora do dia em que os pássaros voltavam para o ninho. Ao olhar para cima, foi ofuscado pelo sol brilhando intensamente a caminho do pôr do sol. Abrigou-se sob uma árvore surpreendido com a quantidade de pássaros coloridos voando baixo no céu. Protegeu a cabeça com os braços, temendo ser atingindo por fezes de pássaros. Eles já o tinham atingido antes. Poderia acontecer de novo.

Fabiana saiu pela porta da cozinha para observar os pássaros voando sobre sua casa.

Johnny bateu na porta da frente. Banhado em suor devido à umidade, ele tirou a gravata e a colocou no bolso do paletó. Bateu novamente, agora mais forte.

Quando Manuelito abriu a porta, encontrou Johnny esfregando o rosto, como se estivesse utilizando uma toalha invisível. Secando a mão suada na calça, Johnny estendeu-a para um aperto de mão. Contendo uma leve repugnância, Manuelito o cumprimentou com o punho cerrado.

— A Fabiana está?

Antes de responder, Manuelito olhou para além dele e cumprimentou Carole e Ula. Ambas seguidas por Johnny adentraram e pediram a Manuelito para ligar a TV. Ula mencionou que a novela estava prestes a começar e que a televisão delas ainda estava trancada no quarto de seu filho.

— A poltrona é minha, Carole — afirmou Ula. — Você terá a sua quando tiver sua própria casa ou se casar. — Voltando-se para

Johnny, Ula prosseguiu: — Carole tem vinte anos, ainda mora com a gente em casa.

"Então o nome dela é Carole!" Johnny pensou e sorriu. Olhando discretamente para a garota, que arrumava sua blusa reveladora, Johnny confidenciou:

— Eu sairei da casa da minha mãe apenas quando me casar.

Ula assentiu com a cabeça e voltou sua atenção para a tela.

— Posso me dar ao luxo de viver sozinho, mas não há muitos lugares pra alugar ou comprar — Johnny se gabou.

Enquanto Johnny olhava ao redor da sala, Ula e Carole trocaram uma mensagem sutil.

— Ele é um ótimo partido. — Ula sussurrou discretamente.

— Eu sei — Carole respondeu baixinho.

Johnny se virou para Carole e travou o olhar com ela por um instante:

— Além disso, gosto de comer a comida preparada por Cida.

— Cida? — Carole perguntou com curiosidade nos olhos.

— Sim, a empregada, ela é a melhor cozinheira...

Pearl chegou em casa do trabalho e não se surpreendeu ao ver Johnny, Carole e Ula na sala assistindo novela. Ouvindo a referência à Cida, ela brincou:

— É mesmo, Johnny?

— Pearl. Bom te ver. O que eu quis dizer é que há espaço no meu coração para cozinheiras. Você é minha segunda cozinheira favorita no mundo.

Lá fora, no quintal, Fabiana estava maravilhada com a visão dos tuiuiús e demais pássaros retornando para suas árvores no Pantanal. Sonhava em trabalhar com Paolo novamente, compartilhando a visão dessas aves exóticas e coloridas da natureza com ele e seus clientes.

Fabiana entrou na sala e ficou surpresa com a presença de Johnny. Desejou que ele tivesse ligado antes de aparecer. Johnny se desculpou. Ela não pôde deixar de comparar o comportamento submisso de

Johnny com a autoconfiança de Paolo. O olhar de Johnny, parecia de peixe morto enquanto os olhos de Paolo sempre a lembrava dos olhos do jaguar.

Johnny se espremeu entre Carole e Fabiana no sofá.

Como de costume, Ula falou por cima dos atores, explicando o que estava acontecendo na cena. Pearl serviu sanduíches de carne.

Ula perguntou:

— Que tal um Guaraná?

Fabiana olhou para sua mãe e disse:

— Não temos refrigerante, né mãe.

Ula deu uma mordida no sanduíche e, sem tirar os olhos da tela, disse:

— Água está ótimo, então.

Carole colocou as mãos sob suas próprias coxas e empurrou o busto para frente. Logo encostou a mão na perna de Johnny

O moço se remexeu ao sentir o calor da mão de Carole discretamente deslizando um papel sob sua perna. Seus olhos, grudados na tela, se arregalaram de surpresa.

— Á-á-água pra mim também, por favor. — Johnny se desculpou, foi ao banheiro e leu o bilhete de Carole. Voltou à sala com um olhar preocupado e disse que havia surgido algo e que precisava ir embora. Curvando-se para beijar Fabiana, ele inadvertidamente pisou no pé de Carole.

Carole contorceu-se de dor e seus lábios se abriram em forma de um beijo por um momento.

Fabiana inclinou a cabeça e seu nariz bateu no dele. Ela massageou o nariz, sorriu, disse que o chamaria, e voltou sua atenção para a novela.

Johnny desculpou-se, endireitou-se e começou a piscar como se tivesse algo nos olhos.

Carole interpretou a piscada de Johnny como um bom sinal.

Doce Encontro e Desejos Ocultos

Johnny dirigiu até a sorveteria na rua Principal. Após estacionar, esperou dentro do carro com o ar condicionado ligado no máximo, e poucos minutos depois saiu, sorrindo radiante para a moça que se aproximava exibindo graça em cada passo.

— Li sua mensagem. Sorvete? — Ele levantou a sobrancelha de maneira sedutora.

— Duas bolas: chocolate e amendoim — Carole disse decidida.

— Não acredito. Você também gosta de sorvete de amendoim?

— É meu favorito — disse Carole recebendo sua casquinha.

— Então, tenho concorrência.

— Talvez — brincou Carole, lambendo o sorvete.

O caixa estava mais lento do que o normal. Johnny pediu a Carole que segurasse a sua casquinha enquanto ele pagava.

Sentaram-se em uma mesa embaixo de uma mangueira. Devido ao calor, o sorvete derreteu em suas mãos em questão de segundos. Os olhos de Johnny desviaram das unhas vermelhas de Carole para seus lábios vermelhos, umedecidos pelo sorvete derretido.

— Então, Johnny, você está namorando?

— É complicado.

— Eu não sou do tipo ciumenta, sabe. Seja feliz... realize seus sonhos. Qual é o seu sonho, Johnny?

"Meu sonho? Pensava que fosse Fabiana. Mas agora vou desafiar minha mãe que quer que eu me case com Fabiana." — Estou mais interessado nos seus sonhos, linda. Qual é o seu sonho?

— Sonho em aproveitar este sorvete. Ter minha própria televisão, usar o que eu quiser e ir pescar.

A imagem do pôster de Botticelli pendurado na parede de seu quarto, passou por sua mente. Carole parecia Vênus emergindo do mar, e sua reveladora blusa de renda lembrava uma rede de pesca circundando seu corpo curvilíneo.

— Gosto de pescar, também — disse Johnny, segurando a mão dela. — Deveríamos ir pescar algum dia.

Eles riram e enlaçaram as mãos pegajosas de sorvete derretido. Nico passou sem vê-los.

— Lá vai meu irmão — disse Carole. — Desculpe, Johnny, se eu não falar com ele agora, nunca vamos recuperar nossa TV. Está trancada no quarto dele.

Ela beijou suas bochechas antes de correr pela rua chamando por Nico.

A sensação do beijo no canto dos lábios ficou com Johnny durante todo o caminho de volta para casa.

***

Glorieta saiu de casa cedo. Estava com raiva de Prestle que havia lhe dito que uma ação judicial baseada em sua queda forjada na firma de Pearl não iria muito longe. Assim sendo, Glorieta determinou que sua melhor aposta para ganhar a Fazenda Santa Fabiana seria envolver o irmão de Fabiana, Manuelito.

Johnny acordou suando excessivamente e com intensas dores ósseas. Levou a mão ao nariz e encarou o sangue em sua mão. Correu para o banheiro, colocou papel higiênico em cada narina, inclinou a cabeça para trás e, para aliviar a dor, ajoelhou-se e se curvou para frente. Alguns minutos depois, chamou por Cida. A cozinheira apressou-se até a porta do banheiro.

Ouvindo Johnny gemer, Cida bateu com insistência.

— Johnny, o que você tem?

Levantando-se lentamente, Johnny se apoiou na pia, sentindo tontura e mal conseguindo respirar o cheiro nauseante que vinha do vaso sanitário. Jogou água no rosto suado enquanto o sangue continuava a pingar do nariz na pia branca. Olhou sua imagem no espelho. Com a barba por fazer e o cabelo bagunçado, parecia cansado. Cida bateu novamente.

Aflito, Johnny abriu a porta e se lançou nos braços de Cida, que, em sua idade, não conseguia segurar mais do que dois gatinhos em seus braços finos. Cida deu uns passos para trás e se apoiou na parede do corredor enquanto Johnny se apoiava nela. Ela conseguiu se livrar do peso de Johnny e o deitou cuidadosamente no chão com o rosto virado para o lado. Pôs uma toalha sob o nariz dele que estava sangrando. Johnny pediu a ela que chamasse por ajuda e se arrastou de quatro até o seu quarto.

Cida não sabia onde Glorieta poderia estar, mas encontrou o número de João Paiva, o pai de Johnny, no Rolodex.

Amor, Perda e Salvação

O nome do pai de Johnny era de fato John P. Iva, mas os residentes locais mudaram isso para João Paiva. Ele parecia não se importar com esse nome e até o adotou para si.

Em 1955, recebeu seu diploma de bacharel em biologia florestal pelo Virginia Tech College, e aceitou um estágio remunerado como arborista no Rio de Janeiro. Isso o levou a um cargo permanente no Pantanal brasileiro. Ele se apaixonou pela rica flora tropical e decidiu tornar o Pantanal seu lar. Em 1960, conheceu e casou-se com Glorieta. Mas o casamento deles terminou no dia seguinte ao décimo aniversário de Johnny.

Isso tinha sido em 1972. Naquele dia, do nada, o nariz de Johnny não parava de sangrar. Glorieta culpou o sangramento no egoísmo de Johnny por não compartilhar seus doces com ela. Ela pediu a João para cuidar do menino porque tinha hora marcada no cabelereiro. João levou Johnny ao pronto-socorro. Assegurado de que seu filho estava estável e seria liberado à tarde, João voltou para seu escritório.

No entanto, incêndios iniciados por um grupo de investidores gananciosos devastaram o escritório de João e destruíram as fazendas ao redor e uma grande área do Pantanal. Sofrendo com a inalação de fumaça e uma queimadura crítica em sua mão esquerda, João foi levado a um hospital em outra parte do estado, onde ficou por alguns meses.

Glorieta nunca perdoou João por abandonar o pequeno Johnny no hospital de Selvita. Ela imediatamente serviu João com os papéis do divórcio e ganhou a custódia total de Johnny.

João dedicou os anos subsequentes a salvar o ecossistema da selva.

O telefone tocava na casa dele. Cida dizia para si mesma:

— Atenda, por favor, vamos. — Ela estava prestes a desligar quando uma voz do outro lado disse alô.

João enxugou o suor de sua testa enrugada, escutou o relato de Cida sobre o colapso de Johnny, e disse que já estava a caminho.

Ele estacionou o carro a uma quadra de distância e se apressou para a casa de Johnny. Cida estava na porta da frente esperando por ele e o levou ao quarto de Johnny. João se ajoelhou ao lado de seu filho doente, que gemia de dor no chão. Tirando sua temperatura, João tomou a decisão de levá-lo para o hospital em Selvita. João só tinha um pensamento a caminho do hospital: "Eu nunca vou te abandonar, filho."

***

Glorieta não voltou para casa para o almoço. Cida pegou a lista telefônica, abriu na página de salão de beleza, e discou pedindo para falar com Glorieta. Ela teve sorte em sua segunda tentativa. Glorieta disse à jovem recepcionista que retornaria a chamada mais tarde. Cida insistiu em falar com ela imediatamente.

Glorieta marchou para a área da recepção e, em voz alta e carregada de frustração por ter sido interrompida, perguntou:

— Qual é o problema, criatura?

Ninguém no salão prestou atenção nela, mas ela olhou ao redor da sala com um sorriso falso no rosto. O sorriso mudou subitamente para uma expressão preocupada. Glorieta ordenou à esteticista que removesse o creme de seu rosto.

— Uma situação imprevista em casa requer minha atenção. Me envie a conta depois — ela disse e saiu.

Resposta de Emergência

Os saltos altos de Glorieta ecoavam ruidosamente no chão da cozinha. Cida estava sentada à mesa rezando:

— Senhor, ajude Johnny.

— Cida. Por que diabos você ligou pro João? — Glorieta cheirou o ar e se abanou — Credo. Limpe o banheiro do Johnny com uma garrafa cheia de Pinho Sol quando eu sair. Agora, me diga, criatura.

Depois de ouvir Cida, Glorieta pediu:

—Pare de chorar. Vou pro hospital.

Escondido atrás de uma árvore, Nico vigiava a casa de Glorieta. Tal qual um jaguar à espreita, ele a seguiu de forma imperceptível enquanto ela caminhava ao seu carro estacionado a alguns quarteirões de distância. Decidiu agir no exato momento em que ela abriu a porta do veículo. Surpreendendo-a, Nico fechou a porta abruptamente. Glorieta estava encurralada entre ele e o carro.

— Não grite — ele disse com os lábios tocando na orelha dela.

Um odor pungente vindo da boca de Nico lembrou Glorieta do banheiro fedorento de Johnny. Ela desejou ter o Pinho Sol para jogar no rosto de seu agressor. Mesmo estando assustada, conseguiu exigir:

— Leve meu carro se quiser. Me solte.

— Carro? — Nico ameaçou — Eu sei o que você fez ontem.

O agressor pressionou Glorieta contra a porta, seu corpo pressionado com força contra o dela. Ela moveu a cabeça e viu o boné de baseball, pensando que ele poderia ser a mesma pessoa que estava espiando pela janela da firma de Pearl no dia anterior.

— Eu não sei do que você está falando — ela disse.

— Podemos manter isso entre nós dois — ele disse, apertando os braços dela.

— Me solta. Se a minha empregada te vê aqui, ela vai chamar a polícia. — Glorieta amaldiçoou mentalmente os motoristas que estacionavam na frente de sua casa, forçando-a a estacionar a algumas quadras de distância, onde Cida nunca veria este ataque.

Nico virou o rosto dela para ele. Sua boca estava a apenas dois centímetros do nariz dela.

— As pessoas vão pensar que estamos nos beijando. Agora, de volta à minha proposta.

Enojada, ela virou o rosto para evitar o bafo ruim dele.

— Pearl...

— Eu não sou a Pearl.

— Eu sei — ele disse. — Estou apenas dizendo o nome Pearl para refrescar sua memória. Você sabe, ontem... quando você se deitou no chão ensaboado? Lembra-se?

Glorieta soltou um suspiro de alívio.

— Você parece um jovem bom. Me dá espaço pra respirar? Vamos conversar como as boas pessoas que somos. — Ela o afastou gentilmente e o encarou. — Ei, eu não te conheço? Você está com problemas financeiros? É por isso que está aqui? — Glorieta perguntou com uma agenda em mente.

— Sim! Uma pessoa estimada de nossa sociedade como você poderia fazer maravilhas para mim.

— Oh, jovem, você tem a ideia errada de mim.

Ele cerrou o punho, bateu na porta do carro e segurou os pulsos dela em suas mãos.

— Eu quero uma parceria.

Glorieta tentou não mostrar medo.

— Uma parceria? Isso é interessante. Por que você não disse isso de imediato? Você estaria disposto a fazer alguns favores?

— Depende do pagamento.

— Olha. Eu estou com pressa agora. Existe um lugar onde podemos nos encontrar mais tarde esta noite? Eu tenho algo que vai te interessar.

— Tudo bem, mas não brinque comigo. Eu sei onde você mora.

— Claro. Qual é o seu nome?

— Por enquanto, me chame de parceiro. Vou te dizer meu nome se tudo correr bem hoje à noite. — Num piscar de olhos, ele correu e desapareceu de vista.

Glorieta respirou fundo. Abalada, mas aliviada, ela cheirou o colarinho de sua jaqueta. — Esse idiota estragou minha jaqueta Prada novinha em folha. Cheira a esgoto agora — disse removendo e lançando-a no banco traseiro. Desgostosa, acelerou em direção ao hospital.

***

O médico fez algumas perguntas a Johnny, verificou os sinais vitais, a pressão arterial dele, apalpou o abdômen e pediu uma série de exames.

Glorieta chegou ao hospital e pediu informação aos paramédicos que levavam alguém numa maca para a emergência. Foi direcionada para a recepcionista, que pediu um momento para concluir sua ligação. Impaciente, Glorieta batia o pé, tamborilava os dedos no balcão e olhava com desdém para as pessoas na sala de espera.

Ela apertou os olhos e contraiu os lábios. Uma figura familiar era João, seu ex-marido, com quem estava separada há mais de uma década. Com passos firmes, foi até ele e disse:

— Sei bem o que está tramando, João. Sua nova companheira, a professora, é patética e só está de olho na sua grana. Como você se atreve?

João não respondeu. Já estava acostumado com os surtos irracionais de Glorieta. Sem dúvida, suas falsas amigas da sociedade de Selvita, que só se importavam com fofocas e com a última marca de roupas e acessórios comprados na capital, espalharam esse boato para Glorieta apenas para ver sua reação.

— É melhor você não estar dando nenhum centavo meu para essa interesseira, ou você vai enfrentar meu advogado.

133

— Baixe o tom. Agora não é hora para discutir finanças. Você não está interessada em como nosso filho está?

— É para isso que estou aqui. O que aconteceu?

Alguns minutos depois, ela disse visivelmente contrariada:

— Toda essa confusão por causa de um sangramento no nariz?

As pessoas ao redor começaram a prestar atenção. Constrangido, João afundou-se na cadeira sem dizer mais uma palavra.

Glorieta pegou seu crachá de visitante, foi ao quarto de Johnny, encontrou-o dormindo, e então se retirou do hospital, balançando a cabeça irritada.

O médico de Johnny conduziu João para uma sala de consulta, onde revelou os resultados de suas análises. João saiu do consultório em choque. As palavras do médico ecoavam em sua mente:

— A leucemia voltou. A quimioterapia não funcionou. A única coisa que pode salvá-lo agora é um transplante de medula óssea.

No laboratório do hospital, João levantou a manga para uma coleta de sangue, esperando ser compatível.

Uma Entrega de Última Hora

Manuelito estacionou a bicicleta no quintal de sua casa, entrou na cozinha e perguntou:

— O jantar está pronto, mãe? Estou com tanta fome... Esses bolinhos parecem deliciosos...

Pearl estava colocando marcadores criados por Fabiana nos bolos e disse:

— Desculpe, Manuelito, mas este é um pedido urgente. O cliente pediu expressamente que fosse entregue às seis. Que tal uma fatia do quibe que acabou de sair do forno? — Sugeriu Pearl enquanto servia seus filhos.

— Uma delícia, mãe — exclamou Fabiana.

— Ainda estou com fome. Quero mais — acrescentou Manuelito trazendo o prato para perto enquanto mastigava.

— Fico feliz que tenham gostado. Só porque moramos no interior, não podemos esquecer nossas boas maneiras, certo? E lembre-se de mastigar bem antes de engolir.

Manuelito deu de ombros levemente, movendo o prato vazio para cima e para baixo diante da mãe, brincando:

— A senhora é uma cozinheira maravilhosa, mãe. Posso pegar mais?

— Claro, sirva-se — disse Pearl. Por fim, entregou-lhe o Tupperware com o endereço, pedindo para trazer o recipiente de volta.

Manuelito voltou em menos de uma hora, colocando o recipiente intacto na mesa de jantar.

— O cliente cancelou e se recusou a pagar, então eu trouxe tudo de volta.

— Esse é o terceiro pedido cancelado seguido. — Pearl sentou-se, sentindo o peso do mundo em seus ombros. — O que está acontecendo?

— Desculpe, mãe — disse Fabiana. — Quem fez esse pedido?

— Glorieta, em nome de suas amigas. Vocês podem comer.

— Glorieta deveria pagar. Vou ligar para ela agora mesmo. — Fabiana disse, indo para a sala de estar para ligar para a casa de Johnny.

Houve uma batida leve na porta, que Fabiana, Pearl e Manuelito ignoraram. A porta não estava trancada.

— Pearl — Ula entrou, ofegante, seguida por Carole. — Nico trancou nossa TV no quarto dele de novo. Não podemos perder o episódio de hoje à noite. Minha prima, Verônica Luz, vai aparecer como médica.

Ula inspirou o ar e disse:

— Uau, algo cheira delicioso. Ah, claro, os famosos bolinhos da Pearl. — Ela umedeceu os lábios ao ver os bolinhos na mesa de jantar.

Cida atendeu a ligação no primeiro toque. Fabiana pediu para falar com Glorieta, mas Cida se apressou em contar tudo sobre Johnny.

— Cida, devagar. Hospital Selvita? Quais são as horas de visita?

Olhando fixamente para a TV, Carole ouvia furtivamente a conversa de Fabiana.

— Vou visitar Johnny amanhã de manhã, assim que acordar — disse Fabiana. — Sinto muito.

Carole sussurrou para Ula:

— Coitado do Johnny. Ele e Fabiana não devem ser sérios. Olhe só a reação dela. Eu teria ido ao hospital imediatamente.

Manuelito estava prestes a pegar um bolinho quando Ula pediu que ele ligasse a TV primeiro. Ele obedeceu, depois comendo seu bolinho foi para o quintal, onde pegou sua bicicleta e partiu em direção à Rua Principal.

Fabiana colocou lentamente o telefone de volta no gancho.

— Mãe, Johnny teve um sangramento no nariz e desmaiou. Ele está no Hospital Selvita.

Eles ouviram uma batida na porta, e depois de verificar pelo olho mágico, Pearl abriu a porta para um jovem suado na casa dos vinte anos. Ela arqueou as sobrancelhas quando ele explicou que estava ali para cobrar contas de supermercado atrasadas.

— Quanto eu te devo? — Pearl perguntou.

— Duzentos e cinquenta.

Abanando-se, o cobrador pediu um copo de água. Pearl foi para a cozinha e voltou com um copo de água com cubos de gelo. Em seguida foi para o quarto pegar sua carteira. Carole levantou-se do sofá e a seguiu.

— Pearl — ela disse em tom encantador. — Eu devo para esse cara também. Você pode me ajudar?

— Carole, preciso que me pague de volta. Você conseguiu o remédio para seu irmão?

— Sim. Mas o Nico ainda não está bem. Preciso te pedir mais um cem-zinho. Prometo pagar tudo este fim de semana. Espero vender mais Tupperware. Quem sabe?

Pearl franziu a testa e apertou os lábios ao entregar o dinheiro a Carole. Ambas retornaram à sala de estar. Pearl saldou sua dívida, mas antes que pudesse fechar a porta, o homem se inclinou para dentro da sala e exclamou:

— Que dia de sorte! Carole está aqui e estou precisando de alguns produtos Tupperware.

— Peppy? — Carole revirou os olhos discretamente. — Que coincidência, estava pensando em você. Vamos pra minha casa. Você pode escolher o que quiser do meu estoque. — Voltando-se para Ula, Carole informou que estaria de volta em breve.

Mantendo os olhos grudados na TV, Ula disse orgulhosamente:

— Minha filha nasceu para vendas.

Fabiana se uniu à sua mãe na porta e juntas observaram Carole e o cobrador de contas caminhando pela rua de braços dados.

Uma hora mais tarde, Carole retornou vangloriando-se de que havia quitado sua dívida e que Peppy até tinha comprado mais produtos Tupperware.

Pearl imediatamente pediu seu dinheiro de volta, mas Ula interrompeu.

— Carole, preciso te contar tudo o que você perdeu — Ula deu uma grande mordida num bolinho. — A prima Roni esta incrível no papel de médica. Ela ligou para o ex-namorado Champ pedindo pra ele vir ao hospital visitar Ollion que está muito doente. O que vai acontecer no próximo capítulo? Só a prima Roni sabe. Vou ligar para ela.

Mais tarde, Fabiana conferiu o horário em seu pulso — onze horas da noite. Ela espreguiçou os braços e suprimiu um bocejo e disse que ia se deitar. Ula se levantou e olhou para os três bolinhos restantes. Quando Pearl sugeriu que ela os levasse para casa, Ula não hesitou. Acenou adeus com o recipiente de bolinho nas mãos.

Pearl disse boa noite a Manuelito através da porta do quarto dele, sem perceber que ele ainda não havia voltado para casa.

***

Glorieta voltou para casa do hospital e ficou irritada ao não encontrar vaga de estacionamento. Nico apareceu e fez sinal para que ela estacionasse a meio quarteirão de distância. Com uma batida irritada no volante, ela seguiu sua sugestão, estacionou onde ele indicou e saiu do veículo.

— Então, sentiu minha falta, parceira? — Nico esticou o pescoço e cheirou o pescoço de Glorieta. — Que cheiro bom é esse? Me diga o nome do perfume para que eu possa comprar pra minha mãe.

O cheiro de álcool emanando de Nico a enojava.

— Vou ter que verificar o nome e –

Glorieta parou no meio da frase ao ver Manuelito pedalando sua bicicleta.

— Sabe de uma coisa? Entre no carro, parceiro. Tenho um trabalho pra você que vai lhe dar dinheiro suficiente para comprar perfume para todos os membros da sua família.

Uma Proposta Inesperada

Na manhã seguinte, Fabiana encontrou sua mãe na cozinha preparando café.

— Manuelito deve ter saído cedo para a escola. Não tomou nem café da manhã — disse Pearl.

— Provavelmente está tirando fotos do nascer do sol, mãe. Ele é um fotógrafo e tanto. Estou impressionada.

— Eu também. Quer que eu vá ao hospital com você?

— Não, mãe. Eu te ligo e te conto como o Johnny está.

Quando Fabiana entrou no quarto de Johnny, ele repousava em um sono profundo. O que a surpreendeu, foi ver Carole lá ao seu lado. Seu olhar desviou para o dispositivo médico piscando e registrando os sinais vitais de Johnny e o tubo intravenoso administrando fluídos em seu braço. Um homem entrou no quarto, segurando uma xícara de café.

— Olá. Fabiana? Carole?

— Sim. Como sabe? — disse Fabiana.

— Seus crachás de visitante. Além disso, meu filho tem falado sobre vocês duas. Ele ficará feliz em vê-las. Sou João.

— O pai do Johnny. Prazer em conhecê-lo. Johnny disse que o senhor é arborista — disse Fabiana

— Isso mesmo.

— O que o Johnny tem? — Carole perguntou.

Fabiana olhou para ela e se virou para João esperando pela resposta.

Os lábios de João tremiam, e ele desviou o olhar por um instante.

— Meu filho não está nada bom. Ele precisa de um transplante de medula óssea de imediato.

— Transplante de medula? — Fabiana e Carole perguntaram com expressão de espanto em suas faces.

— O médico internou Johnny pois a leucemia retornou. Ele foi diagnosticado e tratado com quimioterapia antes. Há anos ele lida com sangramentos nasal, mas o incidente de ontem foi o mais grave. Infelizmente, não sou compatível. Mas me registrei no banco de doadores na esperança de qualquer possível compatibilidade.

— Meu Deus. — Fabiana pegou a mão esquerda de Johnny e sorriu ao vê-lo abrindo os olhos.

— Estou na presença de anjos? — Johnny disse, sorrindo levemente.

— Como você está? — As duas perguntaram ao mesmo tempo.

Olhando para as moças, Johnny disse: — Anjo C. e Anjo Bi. Vocês conheceram meu pai? Ele contou o que o médico disse?

— Eu sei, querido. Tudo vai ficar bem —Carole disse.

— Sim. Vamos garantir que você receba o melhor tratamento — complementou Fabiana

O médico, seguido pela enfermeira, entrou no quarto e verificou os sinais vitais de Johnny.

— Doutor, por favor, me diga o que esperar.

— Estamos procurando doadores de medula óssea compatíveis, Johnny. Com um transplante, o prognóstico está a seu favor.

— Mas e se não encontrarmos um doador?

— Johnny, vamos encontrar um doador. Não se estresse — disse Fabiana.

— Filho, estou contando com você para me dar netos e ficar por perto para criá-los — afirmou João.

Depois que o médico saiu, seguido pela enfermeira, Fabiana segurou novamente a mão de Johnny.

— Há alguma coisa que eu possa fazer por você?

— Sim, qualquer coisa, querido? — Carole perguntou, segurando a outra mão.

Fabiana ficou surpresa. Não achava que Carole conhecia Johnny tão bem. O que estava acontecendo?

Os olhos de Johnny estavam firmemente fixados em Fabiana. — Não quero morrer, Bi. Quer dizer, não quero morrer solteiro. Você se casaria comigo?

Sentindo a urgência em sua voz, Fabiana não sabia o que dizer. Não tinha coragem de dizer não a um homem num estado desse.

— Agora, você precisa descansar. Meu Deus, estou com sede. Alguém quer alguma coisa da lanchonete?

João mencionou que poderia tomar outra xícara de café e iria com ela. Ele pegou sua mochila e seguiu Fabiana.

Carole decidiu que sua mãe deveria estar certa - Fabiana não tinha interesse em se casar com Johnny. Mas se ela, Carole, pudesse fazê-lo se casar com ela, herdaria seus pertences, incluindo uma TV.

I can't live, if living is without... — ela cantou em sua voz desafinada e estridente.

Arqueando as sobrancelhas, Johnny se virou para as máquinas para verificar seus sinais vitais.

— Querido, se Fabiana não quiser se casar com você, eu realizarei seus sonhos. — Carole ergueu as mãos. — Vou precisar de dois anéis porque o dedo da minha mão direita é mais fino.

Johnny pegou suas mãos e beijou o dedo anelar de cada uma. — Anjo C.

Carole mal podia esperar para contar à mãe que herdaria uma TV. Ela também conseguiria um videocassete. Cantou novamente — *I can't live, if living...*

O rosto de Johnny se contorceu de dor ao ouvi-la cantar.

— Por favor, chame a enfermeira.

***

142

Na lanchonete do hospital, João tirou um envelope pardo de sua mochila e colocou-o em seu colo.

— Fabiana, você conhece minha ex-mulher, Glorieta?

— Conheço.

— Tenho que dar a ela este envelope, e não quero deixá-lo com o Johnny. Você poderia entregá-lo a ela quando a vir?

Fabiana assentiu e pegou o envelope de João. Estava endereçado: 'De João para Glorieta'.

— Espere um minuto, preciso assinar mais um formulário. — João tirou o documento da mochila, assinou e o entregou a Fabiana

Fabiana olhou para a assinatura.

— Não quero me intrometer, mas acho que soletraram o seu nome errado.

— Não, esse é meu nome legal.

— Não deveria ser João Paiva?

— Não, é John P. Iva. Em inglês Iva soa como Aiva. João Paiva é nome abrasileirado. É mais fácil usar Paiva aqui.

— Certo. Com licença. Eu preciso fazer uma ligação. — Ela se levantou, saiu e localizou o telefone mais próximo. Ao som das moedas caindo, seu coração deu um salto. Convenceu a si mesma que estava ligando por uma boa causa. Mas agora estava cheia de dúvidas. Estava prestes a desligar quando a voz familiar do outro lado disse alô.

— Paolo? Sou eu, Fabiana. Como você está?

— Bem, obrigado.

— Qual é o nome da pessoa que você está procurando?

— John P. Iva. Por quê?

— Você gostaria de falar com ele?

— Sério?

— Gostaria?

Surpreso, Paolo disse:

— Espere um minuto. Tudo bem. Coloque-o na linha.

— Tenho que buscá-lo. Volto a te ligar.

João retornou ao andar de Johnny e entrou em seu quarto a tempo de ouvir a voz de seu filho.

— Enfermeira há um notário público neste hospital?

— Um outro paciente acabou de solicitar um. Você gostaria de falar com ela?

— Por favor.

Fabiana adentrou-se no quarto de Johnny e viu que Carole tinha movido sua cadeira mais para perto da cama e estava segurando a mão de Johnny. Houve uma batida na porta. Uma mulher de meia-idade e baixa estatura entrou na sala com um estojo metálico.

— O senhor solicitou um notário, certo?

Fabiana não podia acreditar em como a mulher se parecia com Glorieta. Elas tinham a mesma forma de corpo e o mesmo penteado. Exceto pela cor preta do cabelo, o jaleco e a camada de rímel mais suave, Fabiana diria que ambas poderiam ser gêmeas.

— A senhora celebra casamentos? — Johnny perguntou.

Surpresa, Fabiana olhou de Carole para Johnny, imaginando o que estava acontecendo. Carole sorriu. Os olhos de peixe-morto de Johnny encontraram os de Fabiana desafiantes fazendo Fabiana lembrar do que ele lhe dissera, "Bi, eu não quero morrer solteiro."

— Sim, eu celebro. Mas não tenho a documentação adequada no momento.

— Teria um cartão de visita? — João perguntou. — Vou te ligar e marcar um horário. Obrigado por vir.

— Fabiana, você poderia ligar pra Cida?

— Claro, Johnny. O que você precisa?

— Peça a ela para trazer uma caixinha azul que está na gaveta da minha cômoda.

— Sim. Vou ligar para ela agora mesmo. João, você vem comigo?

Enquanto caminhavam pelo corredor, Fabiana disse:

— Um amigo meu precisa falar com você.

A Reunião Tão Esperada

Em sua mente, Paolo via a foto de sua mãe, já falecida, que adornava a sala de estar de sua avó. Criado pelos avós, a identidade de seu pai sempre permaneceu um mistério para ele. Quando seu avô morreu tranquilamente durante o sono, Paolo vasculhou caixas repletas de memórias e encontrou o diário de sua mãe. Com o intuito de descobrir mais, ele contratou um detetive particular. A investigação inicial indicou que o homem que ele procurava estava no Rio de Janeiro, mas depois de algum tempo, sugeriram que essa pessoa poderia ter se mudado para Selvita.

Agora, caminhando inquieto em sua sala de estar, Paolo estava incerto sobre o que dizer ao homem que Fabiana havia identificado. Ele foi tomado por um sobressalto quando o telefone tocou, fazendo seu coração acelerar. E se não fosse o homem em questão?

— Alô, aqui é João. Fabiana mencionou que você gostaria de falar comigo. Nos conhecemos?

— Não, você não me conhece. Mas talvez conheça Caroline Sendas?

— Quem?

— 1954-55, Boston, Caroline...

— Ah! Caroline. Como ela está?

— Você não sabe?

— Sabe o quê?

— Caroline morreu em 1955.

Houve um momento de silêncio, após o qual Paolo indagou:

— Alô, você ainda está na linha?

— Estou aqui. Eu realmente não sabia. Sinto muito ouvir isso.

— Ela tinha um diário onde mencionava seu nome deixando claro que você era seu namorado. — Paolo hesitou por um momento, incerto do que diria a seguir. — Eu sou filho dela. Segundo o diário, você nunca teve conhecimento da minha existência. As cartas que ela enviou pra você, retornaram. Eu venho te procurando há um bom tempo. Conheci Fabiana no Rio. E, de algum modo, ela conseguiu te encontrar.

— Você está me dizendo que é meu filho?

— Não. Eu estou perguntando. Você é meu pai?

— Meu Deus.

— Lamento trazer isso à tona sem prévio aviso. Não espero nada de você. Simplesmente, preciso ter certeza.

— Não é isso. Eu me sinto terrível. Deixando Caroline grávida. Deixando você. Eu não tinha ideia. Escute, eu gostaria que nos encontrássemos. Onde você está?

— Em Selvita. E você?

— Estou no hospital de Selvita no momento. Eu sempre expressei a Caroline que se eu tivesse um filho, ele se chamaria Paolo. Mal posso acreditar. Sei que isso vai parecer estranho, mas você estaria disposto a fazer um exame de sangue?

Certo de que João queria verificar sua paternidade, Paolo afirmou:

— Sem problema. Posso estar aí esta tarde.

***

Glorieta não tinha dúvidas de que João passaria todos os momentos possíveis com Johnny, deixando-a livre para se deleitar na cama e considerar seu próximo movimento.

Plano A: O investimento de Monlevade não era mais uma opção agora que ele estava morto.

Plano B: Glorieta não achava que a pirralha da Fabiana se casaria com seu filho.

Plano C: Processar Pearl estava fora de cogitação. Prestle tinha explicado que ela teria que se machucar de verdade para obter qualquer tipo de indenização. Glorieta era covarde demais para se machucar de

146

propósito. Ela estava furiosa com Prestle por afirmar que seu terno de designer arruinado não era motivo suficiente para um processo.

Glorieta levantou-se da cama e serviu-se de um copo de uísque. Evitou ir à cozinha buscar gelo para não ter que confrontar Cida. Glorieta não tolerava a ideia de ser repreendida por Cida por negligenciar Johnny nesta fase tão crítica de sua vida. Optou por comer bombons e beber uísque sem gelo. A mistura ardente queimou sua garganta e deixou-a inebriada.

— Viva o Plano D. Fazenda Santa Fabiana será minha, não importa quantos planos eu tenha que colocar em prática. — Olhou-se no espelho, brindou para seu sucesso e entornou o resto do uísque.

O som do telefone interrompeu seus pensamentos. Ela atendeu, escutou e, revirando os olhos, respondeu:

— Alô. Ah! Oi Sophia. Obrigada por retornar minha ligação.

— O que você quer? — Madame Sophia perguntou.

— Johnny tem leucemia. Não acho que ele esteja em condições de se casar com ninguém.

— Então é hora do Plano D.

— E acha que não sei? Coloquei em prática ontem à noite.

— Bom. Você está seguindo minhas instruções?

— Sim. Aquele bêbado, o Nico, apareceu quando eu mais precisava dele.

— Onde está o garoto?

— Nico o levou para aquele celeiro na Fazenda Santa Fabiana.

— Cuide bem dele, sem violência, entendeu? Eu dei o cartão de visita do Trevor pra Fabiana. Vamos torcer pra que ela peça a ajuda dele agora.

***

Feliz por ter conectado João com Paolo, Fabiana saiu para fazer uma ligação para sua mãe.

Pearl estava histérica, dizendo que havia recebido uma ligação de um homem dizendo que Manuelito tinha sido sequestrado, advertindo-a para não entrar em contato com a polícia.

Fabiana se lembrou do cartão de visita que Madame Sophia lhe tinha dado. — O detetive particular vai nos ajudar.

O telefone tocou na casa de Trevor. Ele ouviu a voz frenética do outro lado da linha e, para não levantar suspeitas, perguntou:

— E você disse que seu nome é...

— Fabiana. Fui indicada a você pela sua amiga Madame Sophia. Meu irmão desapareceu. Não podemos ir à polícia.

— Acalme-se. Quantos anos tem seu irmão?

— Quinze.

— Quando foi visto pela última vez?

— Ontem à noite, ele pegou sua bicicleta e nunca mais...

— Onde você está?

— No hospital.

— Você disse hospital? Você está doente?

— Não, estou bem. Estou visitando um paciente.

— Podemos nos encontrar em 15 minutos?

— Sim.

— Você dirige?

— Não. Quero dizer, sim. Mas eu não tenho carro.

— Eu vou te pegar no estacionamento do hospital.

— Você cobra por hora?

— Não se preocupe. Primeiro, vamos encontrar seu irmão.

***

— Fabiana acabou de ligar — informou Trevor. — Prima, você é realmente uma vidente. Qual é o próximo passo?

148

— Leve Fabiana até o celeiro. Glorieta vai se encontrar com vocês lá. Enquanto espera por ela, isto é o que você vai fazer — instruiu Madame Sophia.

Trevor ouviu e depois desligou. Esfregando as mãos, decidiu que também devia ser um vidente, já que previa muitos depósitos em sua conta bancária.

Laços de Família

Enquanto manobrava o carro no estacionamento do hospital, Paolo notou Fabiana entrando em um veículo e saindo do local. Intrigado, ele entrou no saguão e lançou um olhar ao redor, perguntando-se por que ela não havia parado para cumprimentá-lo. Na entrada, um homem apresentava uma expressão de expectativa. Paolo se aproximou dele e lendo seu crachá de visitante, estendeu a mão.

— João?

O cumprimento caloroso confirmou a identidade de ambos. De maneira discreta, João observou a orelha de Paolo, acreditando na teoria de que as orelhas poderiam indicar possíveis laços familiares.

— Vamos sentar ali — João convidou. — Não mencionei isso ao telefone, mas eu tenho outro filho. Ele está com leucemia.

— Lamento muito — expressou Paolo, com genuína compaixão pelo homem que a seu ver aparentava ser um indivíduo de bom caráter.

— Você ainda está disposto a fazer um teste de sangue? — João perguntou.

— Sim.

— Paolo, não queremos impor, mas precisamos realizar um teste para ver se você é compatível com meu outro filho. Ele precisa de um transplante de medula óssea.

— Espere! Pensei que você queria um teste de paternidade.

— Você fará o teste de sangue, por favor? E decidirá depois se quer ser um doador ou não?

Paolo podia ver que João estava desesperado.

— O que isso envolve?

— O médico pode te explicar melhor.

Enquanto a enfermeira aguardava para realizar a coleta de amostras de sangue, o médico se aproximou para conversar com Paolo.

— Johnny precisa se submeter a um procedimento de transplante alogênico, ou seja, para substituir sua medula óssea doente por uma saudável de um doador compatível. Pessoas relacionadas geneticamente têm mais chances de serem compatíveis — explicou o médico.

Paolo encontrou os olhos de João cheios de expectativa. Ele nem tinha certeza se João era seu pai. Agora, estava sendo solicitado a submeter-se a esse procedimento médico para um irmão que ele nem sabia que existia. João tinha deixado claro que a decisão cabia a Paolo. O jovem voltou sua atenção ao médico que dizia:

— Se houver compatibilidade genética, retiraríamos células-tronco da medula óssea do quadril.

— Como? — Paolo perguntou.

— O doador recebe uma anestesia geral, é colocado de barriga para baixo e agulhas são colocadas nos ossos da bacia para aspirar o tutano de dentro desses ossos.

— Algum efeito colateral? — João e Paolo indagaram simultaneamente.

— O doador pode ter dor na região da bacia, no local da incisão.

Paolo balançou o cabeça, ponderando se deveria assumir a responsabilidade de salvar a vida do homem que, potencialmente, poderia ser seu meio-irmão. Ele tinha pouco conhecimento sobre essas pessoas, porém, o tempo para se familiarizar era limitado. Olhou para o teto e exclamou em tom solene:

— Em memória de minha mãe - eu a teria salvo se tivesse podido – o risco é justificado.

— Sua mãe era uma pessoa boa, Paolo. Eu gostaria que as coisas fossem diferentes. Mas sei que ela ficaria muito orgulhosa de você.

Depois que a enfermeira coletou o sangue de Paolo, o médico apertou a mão do jovem, deu um amigável tapa no ombro de João, e disse: — Entraremos em contato assim que tivermos os resultados.

João expressou sua gratidão ao jovem americano que, em sua opinião, exalava compaixão, e o convidou para uma refeição. Absortos em seus pensamentos, seguiram para a lanchonete do hospital. Pegaram suas bandejas e escolheram uma mesa no canto do local. Paolo adicionou ketchup nas suas batatas fritas e indagou:

— Por que você deixou os EUA sem deixar vestígios?

João engoliu um pedaço de seu hambúrguer, e esclareceu:

— Eu não estava tentando me esconder. As pessoas daqui mudaram a grafia do meu nome para João Paiva. Só posso supor que qualquer carta endereçada a John P. Iva não me localizou porque eu me mudei para Selvita. Provavelmente sua mãe deve ter pensado que eu estava no Rio.

— Entendi. Você teria acreditado na minha mãe se ela tivesse dito que estava grávida?

— Eu a amava e teria feito a coisa certa.

"Feito a coisa certa." As palavras ressoaram na mente de Paolo.

Posteriormente, eles encontraram o médico no corredor, saindo do quarto de Johnny. Ele informou a ambos que o resultado dos exames indicou que Paolo era um doador altamente compatível. Essa informação foi suficiente para João. Com os olhos cheios de alegria, João colocou as mãos nos ombros de Paolo e declarou:

— Filho!

Paolo fez o sinal de positivo e expressou:

— Permita-me conhecer meu meio-irmão.

✳✳✳

Johnny estava cochilando quando João e Paolo entraram no quarto. Carole, por sua vez, se despediu para retornar para sua casa. Pouco tempo depois, ao abrir os olhos, Johnny indagou:

— Oi, pai. Onde está minha noiva?

—Johnny, tenho certeza de que ela voltará em breve. Gostaria de te apresentar seu meio-irmão, Paolo. Ele veio da América para te ajudar.

— Como assim?

— Paolo é compatível, Johnny. — João sorriu. — E ele concordou em ser seu doador.

— Eu não sabia que tinha um meio-irmão.

— Eu também não. Temos muito o que conversar. Como você está, Johnny?

— Já me sinto melhor, sabendo que tenho um doador. Minha futura noiva estará aqui em breve. Ela vai ficar encantada em saber que tenho um meio-irmão.

Pretensão

Trevor perguntava e ouvia Fabiana com interesse.

— Adolescentes! Você conhece os amigos dele?

— Minha mãe ligou para todos os pais da escola.

— Algum lugar favorito onde ele gosta de ir?

— Ele adora pedalar até minha fazenda.

Trevor já conhecia o caminho, mas solicitou a Fabiana as direções com o intuito de evitar suspeitas.

— A fazenda é nossa primeira parada.

— Por que eu e minha mãe não pensamos nisso? — Fabiana se perguntou.

— É por isso que você precisa de um investigador particular como eu.

Na fazenda, Trevor estacionou sob uma árvore que não podia ser vista da entrada. Ele retirou do porta-malas uma sacola com comida e quatro garrafas de água. Esclareceu que Manuelito poderia estar faminto ou ferido, enfatizando a necessidade de estarem preparados.

— Este lugar é imenso — disse Fabiana, com um traço de incerteza na voz. — Não sei nem por onde começar. — Lançou seu olhar para suas sandálias elegantes tentando manter o medo sob controle.

Trevor pousou sua mão em seu ombro e alertou:

— Silêncio. Não devemos alertar ninguém até sabermos o que está acontecendo aqui.

Fabiana concordou e seguiu Trevor que enveredava pelo caminho que levava ao celeiro. De repente, um jacaré emergiu dos arbustos e deslizou para a água lamacenta que cercava a parte de trás do celeiro. Fabiana se deteve para observá-lo, desejando ter sua arma tranquilizante. De forma abrupta, Trevor cobriu o rosto dela com um pano embebido em clorofórmio. Após uma resistência momentânea, ela perdeu os sentidos em seus braços. Trevor a carregou até a porta do celeiro, colocando-a no chão do lado de fora. Entrou e parou diante de Manuelito que estava adormecido e atado a uma coluna no meio da sala. Com uma expressão de preocupação, Trevor tocou no rosto do garoto.

— Manuelito, acorda, quem te fez isso?

Manuelito despertou e disse:

— Um bêbado chamado Nico e a esquisita da Glorieta. Me solta, cara.

Trevor posicionou-se atrás da coluna.

Como o homem estava demorando demais para soltá-lo, Manuelito perguntou:

— Quem é você? Você está com eles? Responde.

— Tá com sede?

— Me solta. Quem é você?

— Tá com fome?

Trevor desembrulhou um sanduíche e o estendeu na direção de Manuelito, que, faminto deu uma mordida.

Após o sanduíche, Trevor consumiu uma garrafa de água e perguntou:

— Tá com sede, garoto? Última chance.

Manuelito assentiu e permitiu que Trevor despejasse água em sua boca.

Trevor retirou um pano embebido em clorofórmio de sua bolsa e, de forma inesperada, cobriu o rosto de Manuelito, que debatendo, tentava segurar sua respiração. Assim que o garoto perdeu a consciência, Trevor trouxe Fabiana para dentro da sala. Colocou-a em uma cadeira de frente para a coluna, atando suas mãos atrás dela.

— Mal posso esperar para ver a reação desta pirralha quando acordar.

Glorieta estacionou ao lado do carro de Trevor. Furiosa porque o chão de terra danificava o salto de seus sapatos e arruinava a pedicure. Abriu a porta do celeiro e pediu água. Trevor atirou uma garrafa em sua direção, dizendo:

— Pegue. — No entanto, a garrafa caiu aos pés dela.

— Não mudou nada hein, seu mal-educado. Gente, não posso acreditar que Sophia nos fez vir até aqui neste calor insuportável. Mas não me importo. Sabe por quê?

— Não preciso ser um vidente para prever que você será recompensada com uma fortuna considerável.

— Bingo! Hoje é o dia em que meu sonho se concretiza. Finalmente, Fazenda Santa Fabiana será minha.

— Espere aí. Sophia disse que um terço da fazenda seria pra mim.

Glorieta deu um suspiro profundo e pensou: "Continue sonhando, criatura."

— Sophia lhe dará a sua parte. Não se preocupe. Somos uma equipe unida.

— Você nunca me pagou por todo o tempo que passei tentando localizar o tubo de arquitetura de Monlevade.

— Você não foi recompensado porque nunca o entregou.

Fabiana estava despertando, porém, ao reconhecer a voz de Glorieta, decidiu permanecer imóvel. Entreabriu os olhos e, vendo seu irmão inclinado de forma desajeitada diante dela, abafou um grito. Viu também Glorieta abrir sua bolsa Chanel e retirar um documento com bordas queimadas. Ouviu quando ela solicitou uma caneta a Trevor, que respondeu:

— Caramba, agora você me pegou. Não tenho uma.

— Oh, criatura, como essa pirralha vai assinar sem ter com o que escrever?

Reclamando que precisava voltar ao carro para pegar uma caneta no porta-luvas, que ia arruinar seus saltos naquele solo impiedoso, e que tinha que fazer tudo sozinha, Glorieta deixou o celeiro.

— Trevor — Fabiana pediu assim que Glorieta saiu. — Desamarre a gente, por favor. Prometo te dar mais do que eles te prometeram.

— Ele não fará nada disso, sua pirralha. — Glorieta se deteve na entrada. — Acabei de me dar conta de que você pode ter uma caneta na sua bolsa. — Ela apontou para a bolsa de Fabiana, jogada em um canto. Abanando-se, Glorieta pediu mais água a Trevor.

— Por que você está fazendo isso conosco? Sempre te tratamos bem — Fabiana disse.

— Seu irmão chamou você de esquisita, Glorieta —Trevor instigou.

— O que você quer da gente?

— Não está óbvio? — Glorieta ficou diante de Fabiana. — O ermitão prometeu...

— Ermitão?

— Fabiana, por favor, não me interrompa. Seu avô! É assim que eu o chamo. Ele se aproveitou da minha prima.

Fabiana olhou ao redor do celeiro, procurando por um escape.

— O ermitão te enviou para Campo Grande para dizer a ela, que se esquecesse...

— Madame Sophia? Nunca soubemos o que meu avô queria dizer. Esquecer o quê?

— Suas promessas furadas. Ele a iniciou na carreira de modelo. Foi ele quem proporcionou a ela a oportunidade de aparecer no anúncio do carro Simca Chambord. Aquele anúncio que está pendurado no corredor dela.

— Madame Sophia disse que foi seu noivo quem conseguiu esse trabalho para ela.

— Foi seu avô, o ermitão. Ela comentou que aquele trabalho não contribuiu para impulsionar sua carreira como esperava, e que ela se sentia sozinha com a necessidade de planejar seu futuro. Ele, por sua vez, informou que não tinha parentes vivos e estava considerando deixar a fazenda para alguém, só que não sabia para quem.

— O mais interessante foi que ele entregou um envelope para Sophia guardar com segurança. Dentro dele, estava a escritura da fazenda. Você não acha que ele estava dando a escritura para ela? Vê onde quero chegar? Ele reconfirmou que não tinha parentes vivos e pediu que ela guardasse a escritura da fazenda para ele.

— Sophia escondeu a escritura aqui, pensando que seria o lugar mais seguro, mas a fazenda sofreu um incêndio, e o ermitão salvou alguns documentos e passou anos no hospital. Quando Sophia soube que ele estava à beira da morte, ela me pediu pra ajudá-la a conseguir esta cópia mesmo queimada. Eu me tornei cuidadora dele, mencionei o nome de Sophia e deixei bem claro a ele que ela não havia esquecido. Ele acenou com a cabeça, o que me levou a pensar que ele estava de acordo, mas morreu antes de assinar a escritura. A fazenda estava tecnicamente em minhas mãos.

—Nossas mãos — Trevor interrompeu.

— Quieto. Não me interrompa — Glorieta dirigiu seus olhos furiosos na direção de Trevor, depois revirou os olhos na direção de Fabiana com a mesma fúria.

— E do nada vocês aparecem. Jackson me diz que a mulher segurando sua mão é sua filha, Pearl, e que você é a cara de sua falecida esposa. Ele anunciou que deixaria a fazenda pra você, e você só poderia vendê-la se se casasse.

Fabiana franziu o cenho. Ela podia ouvir seu avô tossindo e dizendo: "A fazenda é sua, você pode vender se se sem casar."

Glorieta consultou seu relógio.

— Trevor, está quase na hora do Nico chegar pra alimentar Manuelito. Esteja preparado com o clorofórmio.

Fabiana tentou afrouxar as cordas em torno de seus pulsos.

— Trevor, a caneta.

— Eu já disse que não tenho caneta.

— Procure uma na bolsa dela, criatura. A pirralha assinará a escritura mesmo que tenha que assinar com sangue. De um jeito ou de outro, ela assinará com o seu sangue, Trevor, se não encontrarmos uma caneta.

A Busca

Cida percorreu o corredor do hospital, procurando pelo quarto de Johnny. A porta estava entreaberta. Com um sorriso em seu rosto cansado, ela se dirigiu até Johnny.

— Cida — Johnny abriu um largo sorriso.

— Johnny, como você está? Oro toda hora para Nosso Senhor te abençoar.

— Muito obrigado. Sente-se. Sinto falta da sua comida.

— Eu trouxe purê de batatas, mas as enfermeiras me fizeram deixar na recepção. Disseram que você não pode comer porque terá um procedimento. O que vão fazer com você? — Ela acariciou gentilmente a mão dele.

Johnny compartilhou as notícias sobre o transplante e revelou sua surpresa ao descobrir que tinha um meio-irmão e que o mesmo era um doador compatível.

Ao ouvir isso, Cida enxugou os olhos com um lenço.

— Eu não disse que você estava sendo abençoado? Como explicar essa coincidência do seu meio-irmão aparecendo justo na hora de sua necessidade? Ficarei alegre em conhecê-lo. Bem, vou ao mercado. O que posso comprar pra você?

— Batatas. A primeira coisa que vou fazer depois de sair daqui será comer seu famoso purê de batatas. Você é ótima. Obrigado por vir ... ei, espere. Você trouxe a caixa do anel?

— Sim. Aqui está.

— Está vazia!

— Foi assim que eu a encontrei, não no seu quarto, mas no de sua mãe. De qualquer forma, agradeça ao Senhor, Johnny. Você logo voltará para casa e encontrará o anel.

— Com certeza — ele afirmou, acenando adeus.

Quando João chegou, Johnny solicitou que ele que fosse buscar Carole. Forneceu a João o endereço de Fabiana, explicando que ela mostraria a casa de Carole.

***

Pearl estava sentada perto do telefone, aguardando por notícias sobre Manuelito. Quando João bateu na porta, ela a abriu de forma ansiosa. No entanto, ela não reconheceu o homem à sua frente e se esforçou para dissimular sua decepção.

— Sou João Paiva, o pai do Johnny, muito prazer.

— Ah, sim. Prazer. Sinto muito ao saber que Johnny está doente.

— Obrigado. A Fabiana está?

— Não — Pearl conteve um soluço. — Ela está procurando pelo irmão. Ele está desaparecido — Pearl não conseguiu conter as lágrimas. Ela não sabia o que fazer. Tinha medo de ir à polícia e medo de que algo pudesse ter acontecido a Manuelito.

— O que aconteceu? Posso ajudar? — João perguntou.

Pearl viu o carro estacionado em frente à sua casa.

— Aquele Jeep é seu?

— Você precisa de uma carona?

— Preciso ir à fazenda de minha filha.

Johnny estava esperando João e Carole de volta no hospital. Mas Pearl parecia desesperada. João não tinha ideia do que estava acontecendo, mas Fabiana era amiga de Johnny, e essa mulher, de fato, precisava de ajuda.

Ao fechar a porta do carro após ela se acomodar no banco do passageiro, Pearl percebeu que João aparentava ser um cavalheiro, e não o monstro horroroso que Glorieta pintava sempre que se referia a seu ex-marido.

***

Manuelito abriu os olhos e notou sua irmã pedindo silêncio com um olhar aflitivo e um 'shhh' sutil nos lábios. Ele novamente fechou os olhos e esforçou-se para alcançar a extremidade da corda que prendia seu pulso.

Nico empurrou a porta do celeiro, e entrou assobiando o canto do pássaro bem-te-vi. Glorieta havia prometido que hoje seria o seu pagamento. Ele removeu seu boné de beisebol e lançou um olhar ao redor. Seus olhos se arregalaram de surpresa ao avistar Fabiana; deu um passo para trás quando um homem que ele não conhecia se aproximou e colocou o braço em seu ombro. Confuso, Nico olhou para Glorieta.

— Prazer em te conhecer, amigo. Sou primo de Glorieta. Obrigado por ajudá-la.

— Tudo bem, contanto que o pagamento seja -

De forma abrupta, Trevor ergueu a outra mão com um pano embebido em clorofórmio, e cobriu o rosto de Nico. Logo, seu corpo se relaxou. Trevor o deitou ao lado de Fabiana e procurou algo para amarrá-lo.

— Use a camisa dele, criatura — Glorieta exclamou.

Fabiana podia sentir o cheiro de suor e álcool emanando da roupa e dos poros de Nico.

Depois de amarrar as mãos de Nico atrás das costas, Trevor o rolou para perto de Manuelito.

Fabiana já tinha visto o suficiente.

— Ajuda! — ela gritou.

Glorieta deu uma gargalhada e disse:

— Grite o quanto quiser, pirralha! Ninguém vai ouvir você.

Manuelito lutou para se desamarrar discretamente.

— Alguém, ajuda! — Fabiana repetiu o mais alto que pode.

O Resgate e o Jaguar

A primeira coisa que João e Pearl viram quando chegaram à fazenda foi o Mercedes de Glorieta.

— O que Glorieta está fazendo aqui? — Pearl perguntou.

Trocando olhares, desceram do Jeep. João olhou ao redor. A fazenda estava cercada por árvores secas. Ele abriu o porta-luvas, pegou sua pistola de tranquilizante para animais e a enfiou no cinto. Em seguida, sinalizou para Pearl seguir as pegadas de sapato marcadas no solo. Ao se aproximarem do celeiro, ouviram o grito alarmante de Fabiana.

João pediu silêncio e retirou a pistola. Protegendo Pearl atrás dele, avançou silenciosamente em direção ao celeiro. A porta traseira estava entreaberta permitindo uma visão limitada do interior. Ao espiar pela fresta, João avistou três pessoas de costas para ele: Fabiana, sentada e se debatendo, e de cada lado dela, Glorieta e um homem magro e calvo. João notou também a presença de dois garotos - um amarrado a um pilar e o outro imóvel no chão.

Pearl tocou de leve no ombro de João, querendo saber o que ele estava vendo. Ele balançou a cabeça para alertá-la a não fazer barulho. O garoto amarrado ao pilar abriu os olhos e pediu roucamente:

— Água.

O homem careca resmungou:

— Você terá que esperar.

— Água — Manuelito repetiu, e tossiu.

— Dê água ao idiota do garoto — Glorieta gritou. — Sophia pediu pra não os machucar. — Ela rolou os ombros e pôs um sorriso falso no rosto. — Vê, Fabiana, não somos bárbaros. O que você prefere? Casar com meu filho? Dai, você poderá 'dispor' da sua fazenda me dando uma procuração? Ou, assinar estes papéis?

— Tarde demais. Johnny está no hospital quase morrendo...

— Ninguém morre de um simples sangramento no nariz — Glorieta interrompeu.

— E ele quer se casar antes de morrer. Carole concordou em se casar com ele — mentiu Fabiana.

— Tá brincando.

— Eles podem já estar casados agora — instigou Fabiana, lutando contra a mão do homem segurando seu pulso.

— Johnny é mesmo um idiota! Vou lidar com ele depois —disse Glorieta. — Vou pedir educadamente mais uma vez. Seja boazinha e assine este papel.— Ela agitou o papel na frente de Fabiana, mas a garota se recusou a olhar para o documento. — Nesse caso, Trevor, faça Manuelito beber clorofórmio em vez de água.

Pearl ofegou e sussurrou:

— Manuelito é meu filho.

João moveu as palmas das mãos para acalmá-la. Pearl respirou fundo.

O careca sorriu para Glorieta com satisfação. Ele derramou o líquido de uma garrafa sobre um pano e se agachou em frente a Manuelito.

— Não, Trevor — Fabiana gritou. — Eu vou assinar.

Manuelito balançou a cabeça.

— Não, Fabiana, não assine.

O garoto conseguiu desatar suas mãos e surpreendeu Trevor, nocauteando-o. Trevor tombou para trás.

João acenou para Pearl, e juntos adentraram no recinto. Glorieta passou os braços em torno do pescoço de Fabiana, fazendo-a lutar por ar.

Enquanto Pearl fazia gestos para Glorieta se acalmar, João apontava a pistola exigindo que ela libertasse a garota. Ao perceber um ruído atrás de si, ele se virou, mas não conseguiu evitar que Trevor desferisse um golpe forte em seu braço. O impacto fez a arma cair longe, num canto do celeiro.

João desferiu um forte soco no plexo solar de Trevor. O magricela se curvou, contorcendo-se de dor, e retirou uma faca escondida em sua bota. Eles circularam um ao redor do outro até que João avançou, agarrando os pulsos de Trevor. Apesar de ser mais leve, Trevor mostrou-se mais forte, conseguindo derrubá-lo e ameaçá-lo com a faca a poucos centímetros de seu rosto. Foi então que Manuelito interveio, atingindo Trevor na cabeça com uma cadeira. Com um grunhido, Trevor tombou para trás, ficando inconsciente. João se ergueu e pediu a Manuelito que amarrasse Trevor.

Pearl pegou o pano embebido em clorofórmio que Trevor havia preparado para Manuelito e o segurou na frente do rosto de Glorieta.

— Solte minha filha.

— Ela precisa assinar este papel primeiro.

— Que papel?

— A escritura da fazenda — gritou Fabiana. — Glorieta quer que eu assine e passe a fazenda no nome dela.

— Glorieta, ela não pode assinar nada. Ela nem pode vender pois a fazenda ainda não é dela — mentiu. — Além disso, a sua parece queimada.

João balançou a cabeça desaprovando:

— Glorieta, isso é horrível. Nosso filho está no hospital com leucemia, e você está tentando roubar a propriedade dessa garota? Solte-a.

Nico se mexeu, atraindo a atenção de Pearl que perguntou:

— O que ele está fazendo aqui?

— Ei, me desamarrem imediatamente — exigiu Nico.

Manuelito desamarrou a camisa dos braços de Nico. E antes que alguém pudesse reagir, Nico torceu o braço de Manuelito e ameaçou:

— Ninguém vai assinar nada até eu receber meu dinheiro. Eu sequestrei esse garoto, e vou ser pago.

— Quanto para soltá-lo? — Pearl perguntou, abrindo sua bolsa.

Nico pediu mais do que Glorieta havia prometido.

— Eu não tenho esse tanto comigo.

João tirou a carteira e entregou o dinheiro a Nico. Pearl começou a protestar, mas João balançou a cabeça.

Nico empurrou Manuelito para frente. Virando-se para Glorieta, ameaçou:

— Não pense que vai sair impune. Sei onde te encontrar.

Ele embolou sua roupa debaixo do braço, acendeu um cigarro desconsiderando os protestos de João, e saiu correndo.

João, Pearl e Manuelito rodeavam Glorieta. De repente, um farfalhar de folhas e uma agitação de pássaros perto do celeiro, atraíram a atenção de todos. Aproveitando a distração, Fabiana levantou a cabeça e acertou um golpe no queixo de Glorieta. João rapidamente segurou seus pulsos afastando-os do pescoço de Fabiana. Pearl, por sua vez, pressionou o pano embebido em clorofórmio no nariz de Glorieta, só o soltando quando ela desfaleceu nos braços de João. Eles amarraram as mãos dela com o cinto de João.

Pearl abraçou seu filho e juntos, eles libertaram Fabiana. Observando-os, ela perguntou se estavam bem e ambos assentiram.

— Que bom, meus filhos queridos. Vamos já pra casa e ter um bom jantar. Eu farei seus pratos favoritos.

O som de folhas secas se estalando nas árvores aumentou do lado de fora, acompanhado pela grande debandada de pássaros.

— Que estranho, os tuiuiús nunca voam depois que voltam ao anoitecer — disse João, olhando pela janela. Os últimos raios de sol que penetravam no celeiro logo deram lugar a um clarão. De repente, Joao se enfureceu e ordenou:

— Aquele garoto estúpido pode ter provocado um incêndio com o cigarro! Vamos sair daqui. Depressa.

João e Pearl carregaram Glorieta, e Manuelito e Fabiana arrastaram Trevor para fora do celeiro. O ar estava seco e quente. João tirou um par de binóculos do bolso do colete.

— Vamos pelo pântano. Vejo um barco lá.

Eles correram em direção à água, mas pararam abruptamente. Um jacaré exibia sua boca aberta, mostrando dentes afiados.

Pearl olhou para trás e disse: — Não podemos voltar pro seu Jeep.

As chamas já haviam envolvido varias árvores, avançando em direção ao celeiro. João pediu ao grupo para não fazer movimentos bruscos. Orientou-os a se moverem alguns metros à esquerda do jacaré e a correrem em linha reta em direção ao barco. Ele e Pearl assim fizeram e colocaram Glorieta na parte posterior da embarcação.

Fabiana captou um som à sua direita, recuou e levantou o olhar. Um jaguar saltava entre as árvores, tentando escapar das chamas. Ela passou o corpo de Trevor para Manuelito e, com a intenção de proteger seu irmão, lembrou-se do conselho de seu avô, "Pareça maior que o animal". Corajosa, ergueu os braços acima da cabeça e se posicionou para o que estava por vir. O jaguar saltou. Fabiana sentiu uma corrente de ar dançar ao redor de seu corpo.

João levantou a pistola tranquilizante, porém o jaguar pulou em cima do jacaré. O réptil se contorceu e não conseguiu girar a cabeça para morder o jaguar. Sua cauda golpeava a água do pântano em vão. Fabiana travou momentaneamente o olhar com o jaguar antes do felino fugir com sua presa. Com os olhos brilhando de êxtase, Fabiana parecia estar em outro mundo, completamente absorvida pela experiência. Foi necessário puxá-la para a embarcação, onde João e Manuelito já haviam levado Trevor para dentro o barco. Em seguida, João e Fabiana pegaram os remos afastando-se do local e deixando o fogo para trás.

Pearl observou Glorieta recobrar a consciência.

— Não consigo acreditar que você sequestrou meu filho e tentou pressionar minha filha a ceder Fazenda Santa Fabiana.

Glorieta desviou o olhar.

Quando por fim alcançaram a periferia da cidade, Fabiana encontrou um orelhão e acionou a polícia.

Consequências

Na delegacia, Glorieta e Trevor tiveram o direito a uma ligação cada. Glorieta entrou em contato com Prestle e foi informada de que ele havia desmaiado no escritório e estava sedado no hospital. Trevor telefonou para Madame Sophia, que estava em Campo Grande.

— E então? Somos os felizes proprietários da fazenda? — ela perguntou. Houve uma batida em sua porta da frente. — Aguenta aí, Trevor.

Aproveitando o cabo longo do telefone, Sophia levou-o consigo. Ao abrir a porta, foi confrontada com três policiais exibindo suas insígnias. Um deles estendeu uma intimação em sua direção, no exato momento em que Trevor, do outro lado da linha, gritava que ele e Glorieta precisavam de dinheiro para a fiança o mais rápido possível.

—Nem em um milhão de anos. — Com um gesto brusco e cheio de raiva, Sophia bateu o telefone no gancho, encerrando a ligação de forma abrupta. Algemada e abatida, ela foi escoltada até a viatura policial.

Em Selvita, após prestarem seus depoimentos, a polícia deu uma carona para João e a família de Fabiana. Exaustos, eles seguiram em silêncio até a casa de Pearl. Ao chegarem, mãe e filho entraram em casa abraçados.

João pediu o endereço de Carole para Fabiana.

— Tenho que me desculpar com ela por não a ter levado ao hospital mais cedo hoje.

— Ela mora bem perto, nesta mesma rua. Eu te levo lá.

Fabiana caminhou com João, agradecendo-lhe pelos seus esforços de resgate.

— Fiz o que qualquer um faria. Sinto muito que a malvada da minha ex-esposa tenha colocado sua família nessa situação. Não sei o que deu nela.

Fabiana achou que João era o contrário do que Glorieta deixava transparecer. E estremeceu ao imaginá-la cuidando de seu indefeso avô.

— Olha, Fabiana, não conte a Johnny o que Glorieta fez. — João disse e ao vê-la, arqueando as sobrancelhas, continuou — Ao menos, não de imediato. Não quero que meu filho entre em cirurgia preocupado com a mãe.

Fabiana concordou. Ao atravessarem a rua, ambos pararam ao mesmo tempo. Nico estava manobrando o Jeep e, ao vê-los, saiu do carro, entrou em casa e fugiu pelos fundos.

Carole abriu a porta antes mesmo de Fabiana ter a chance de bater. Com um tom de voz brincalhão, ela indagou por que demoraram tanto.

João pediu as chaves do carro.

—Que carro? Do que você está falando? — Carole perguntou.

— Aquele Jeep é meu — respondeu João. — Um mal caráter chamado Nico o roubou hoje. Ele entrou nesta casa.

— O quê? — Carole arregalou os olhos. — Meu irmão?

— Aquele delinquente é seu irmão? — João perguntou.

— A polícia logo o prenderá — disse Fabiana.

— Por causa do carro? João, por favor, diga à polícia que não houve dano algum. Agora, pode me dar uma carona para ver o Johnny?

A chave estava inserida na ignição. João conduziu Fabiana e Carole ao hospital, deixando-as lá, e foi para casa a fim de se recompor. Ele comprometeu-se em voltar mais tarde para levá-las de volta.

Ao entrarem no quarto, Johnny se desculpou com Fabiana por pressioná-la a se casar com ele. Confessou que tinha sentimentos por Carole.

Com um sorriso, Carole afastou Fabiana para o lado, e segurou a mão de Johnny de maneira possessiva.

— Não há nada pra se desculpar — disse Fabiana.

— Foi ideia da minha mãe. Ela disse que eu seria promovido se me casasse.

— Você está falando sério? — Carole olhou para Johnny.

Johnny acariciou sua mão.

Fabiana podia notá-los trocando um olhar carinhoso.

— Fico feliz por vocês dois. Quanto mais rápido se casarem, melhor. Eu disse à sua mãe que você já tinha se casado com Carole.

— Ótimo. Então, Prestle vai me promover. Bi, há uma coisa que preciso te contar. Eu tenho as plantas.

— Que plantas?

— Você se lembra do cara que morreu em sua propriedade em dezembro? Ele havia deixado desenhos arquitetônicos para um hotel de luxo na Fazenda Santa Fabiana com minha mãe. Ela levou o tubo pro banco e o deixou na sala de reuniões. Achei o tubo e pensando que fosse seu, guardei em meu escritório e depois escondi em meu quarto. Minha mãe parecia um jaguar faminto tentando encontrá-lo. Mas, na verdade, o tubo é seu. Se algum dia decidir desenvolver sua propriedade, esses planos podem ser úteis.

— Obrigada. Tive a ideia mais maravilhosa do mundo. Vou construir um centro de reabilitação de vida selvagem, um santuário... um santuário de jaguares. Por favor, Johnny, fica bom logo.

— Vou melhorar, graças à medula óssea do Paolo.

— Onde ele está? — Fabiana perguntou.

— Preenchendo alguns documentos. Ele me contou como te conheceu no Rio. Logo estará aqui. Ele é bem parecido com meu pai. Ambos têm os maiores corações que conheço.

Quando Paolo voltou, pediu a Fabiana que o acompanhasse até a lanchonete e ela concordou.

Carole pediu a Johnny que ligasse a televisão pois era hora de sua novela. De mãos dadas, assistiram ao capítulo que, coincidentemente, tratava da reconexão entre pai e filho e da estória por trás do nome do filho.

Carole disse que Verônica Luz, sua prima e atriz que interpretava a médica, adorava a Pedra de Roseta e havia nomeado seu filho, Ollion. No episódio de hoje, ela contaria a Champ, que ele era o pai do garoto. Agora, Champ estava visitando Ollion no hospital. Comovida ao vê-los juntos, a médica exclamou: — Champ-Ollion! — Os três personagens se abraçaram. A cena mudou para o antigo Egito, onde Champollion, o decifrador dos hieróglifos egípcios e uma figura fundamental na Egiptologia, examinava inscrições na Pedra de Roseta.

— Johnny, querido.

— Sim, Angel C.

— Sabe por que gosto de novelas?

— Me diz, linda.

— Porque as novelas espelham a vida de maneira real e sempre têm final feliz. Sinto vontade de chorar.

— Vamos garantir que sejam lágrimas felizes. Você quer se casar comigo?

— Sim! E como cantei antes, *I can't live, if...*

Johnny a interrompeu:

— Aqui, põe a cabeça no meu ombro e chore o quanto quiser, Angel C.

Promessas De Um Novo Dia

Paolo trouxe uma garrafa gelada de Guaraná para Fabiana e se sentou ao lado dela na lanchonete do hospital.

— Tudo bem?

— Tudo. Obrigada por salvar o Johnny.

— Por acaso, ele é alguém importante na sua vida?

— Sim. — Fabiana tentou conter um bocejo enorme. — Desculpe, mas tive um dia e tanto.

— Conta para mim.

— Agora? É uma história longa. Só quero tomar um longo banho. Tô suada.

— Adoro esse seu perfume de madeira e pântano — Paolo disse, segurando e depositando um beijo suave na palma da mão dela. Fabiana sentiu um arrepio gostoso.

João e Carole se uniram a eles.

— Pronta pra ir para casa? — João perguntou.

Fabiana lançou um olhar penetrante para Paolo cujos olhos adquiriam a intensidade calorosa dos olhos de um jaguar. Fabiana o beijou no canto dos lábios e desejou-lhe boa sorte. A lembrança da suavidade de lábios dele em sua mão e o brilho de seus olhos de jaguar ficaram na mente de Fabiana durante todo o trajeto de volta para casa.

Na manhã seguinte, Pearl entregou a Fabiana um envelope.

— Este é documento de sua propriedade, querida.

Ao abri-lo, um pequeno bilhete caiu no chão.

— Eu nunca percebi esse bilhete aí dentro. O que diz? — Pearl perguntou.

Fabiana leu em voz alta: 'Fabiana, se vender a fazenda antes de se casar, tudo bem. Se não, conte que herdou a fazenda só depois de se casar. Case-se com alguém que te ame pelo que você é, não pela sua propriedade. Com carinho, seu avô.'

Fabiana abriu um sorriso largo.

— Na verdade, mãe, estou feliz por termos mantido a fazenda em família. Porque agora, pretendo transformá-la em um santuário, com a ajuda de João, para proteger as árvores e os animais, especialmente o jaguar.

***

No dia seguinte, a equipe jornalística da TV Selvita visitou a residência de Pearl para entrevistar a família acerca do ocorrido na Fazenda Santa Fabiana.

Pearl pediu ao cinegrafista que preparasse seus equipamentos na sala de estar. Depois de receber orientações da repórter Márcia Passaredo para um bate-papo informal, Pearl mencionou que tinha algo para mostrar ao público.

Fabiana chegou em casa a tempo de ver sua mãe entrar na cozinha. Intrigada por ver o pessoal da TV na sala, ela seguiu sua mãe.

— Bacana, né? Márcia Passaredo quer nos entrevistar sobre o que aconteceu na fazenda. Vou aproveitar pra anunciar meu projeto — disse Pearl, enquanto colocava sementes e seus potinhos contendo batata-doce germinada em uma bandeja.

***

Ula notou o veículo do Canal 8 passar em frente a sua casa. De imediato, ela fechou o guia de programação que lia e correu até a casa de Pearl. Após uma rápida batida na porta já aberta, ela entrou.

O operador direcionou o zoom da câmera para Ula, e disse:

— Testando, um, dois, três.

Ula se sentia ao mesmo tempo confusa e entusiasmada. Será que o cinegrafista estava pedindo que ela desse uma declaração? Com um grande sorriso, ela explicou para o operador que eles estavam na casa de uma mulher muito generosa. Ela tinha vindo para expressar sua gratidão a Pearl por ter-lhe permitido, inúmeras vezes assistir televisão, especialmente a novela onde sua prima Veronica Luz era a protagonista.

— Veja — disse Ula — nossa televisão está trancada no quarto do meu filho, assim sendo, não temos permissão para assistir. Mas trago boas notícias para Pearl. Não vou mais incomodá-la, pois assistirei televisão na casa do meu futuro genro. Eu também queria dizer a ela que sinto muito pelo que aconteceu com sua família por cause desses criminosos horríveis, especialmente a mandante, a terrível prima deles.

Márcia fez um sinal para o cinegrafista continuar gravando.

— Meu filho também é uma vítima nessa estória toda. Estou procurando um advogado para defendê-lo. Se o senhor, doutor, estiver assistindo, entre em contato comigo.

Pearl e Fabiana voltaram à sala e pararam para ouvir o que Ula estava dizendo. Fabiana sussurrou para a mãe:

— O que a Ula está fazendo aqui?

Ao vê-las, a repórter direcionou o microfone para Fabiana e questionou:

— Fabiana, entendo que você conhecia pessoalmente os sequestradores. Como isso impactou a sua confiança?

— Jamais imaginei que tais pessoas pudessem ser tão manipuladoras e gananciosas — Fabiana disse. — Felizmente, conseguimos nos libertar.

Ula se espremeu entre Fabiana e Pearl e disse:

— E esta senhora aqui, a mãe dela, é uma cozinheira incrível.

A repórter desconsiderou Ula com um sorriso e perguntou à Fabiana:

— Como os incêndios afetaram o valor da sua propriedade?

— Ainda não sabemos, mas minha mãe tem uma ideia maravilhosa para restaurar a folhagem exuberante do pantanal — Fabiana disse, movendo-se gentilmente na frente de Ula e colocando o braço em torno dos ombros de Pearl.

— Exuberante — Ula exclamou e sorriu fazendo o sinal de positivo com os polegares atrás da mãe e da filha.

Pearl mostrou a bandeja e anunciou:

— Convidamos todos os expectadores a plantarem mudas germinadas na área devastada pelo incêndio. Com cada pedido de meus lanches, forneceremos um recipiente contendo sementes ou batata-doce germinada que serão benéficas para a floresta.

O cinegrafista deu um zoom nos recipientes.

— Se você acabou de se conectar conosco, estamos transmitindo ao vivo, e conversando com a família de Fabiana Grande. O jovem Manuelito, foi sequestrado, mas já retornou, graças aos esforços de Fabiana para resgatá-lo. Manuelito se encontra disponível para responder algumas perguntas?

— No momento, ele não está — disse Pearl.

Fabiana esclareceu:

— Gostaria de esclarecer que não teríamos escapado sem os esforços heroicos de minha mãe, do arborista João Paiva, e do jaguar — disse Fabiana.

— Jaguar?

Fabiana detalhou como o felino os auxiliou a se livrar do jacaré.

— Como eu gostaria de saber se o jaguar sobreviveu ao incêndio.

— Concluiu Fabiana encarando diretamente a lente da câmera.

— Que relato inspirador! De volta para vocês no estúdio.

Compras

Johnny se levantou com cuidado da cama e permitiu que João o ajudasse a se vestir. Ele olhou para as flores enviadas pela família Grande e seus colegas de trabalho. Não havia nada de Glorieta.

— Eu esperei que minha mãe tivesse ao menos vindo me ver aqui no hospital.

— Glorieta não está em um bom lugar, filho. Nós a visitaremos assim que você estiver mais forte.

— Onde ela está?

Johnny teve que se sentar quando João relatou que Glorieta fora presa por sequestro. Ficou ainda mais perplexo ao saber que seu alvo tinha sido o irmão de Fabiana. Johnny ficou a encarar o teto enquanto imagens de paçoquinhas de amendoim dançavam no espaço vazio à sua frente.

Pouco depois, Carole entrou no quarto, toda sorridente.

— Vejo que está pronto para ir pra casa. Vai levar essas flores?

Enquanto a enfermeira entrava com uma cadeira de rodas, Johnny, apoiando-se em Carole, disse:

— Eu já tenho a flor mais especial do jardim.

— Oh, querido. Você também é poeta? Mas, essas flores ainda estão frescas.

Johnny disse que queria dar um dos arranjos de flores para Cida. Fabiana e Carole poderiam dividir os arranjos restantes.

— Fabiana tem muito com o que lidar agora. Eu vou ficar com todas. Agora vamos pra sua casa.

Cida os recebeu de abraços abertos e com um banquete, que incluía purê de batatas.

Posteriormente, Carole pediu para ver o quarto de Johnny. Ela ficou atônita na entrada.

— Você está brincando comigo? Não tem televisão?

— Não, apenas a pequena, no quarto da minha mãe.

— Você não assiste novela?

— Só quando visito Fabiana.

— Oh, querido, vamos fazer compras em grande estilo —Carole disse enchendo-o de beijos.

***

Um breve efeito sonoro reverberou pelo ar. A locutora Meire, com sua voz familiar e calorosa, anunciou através do microfone da emissora:

— Caros ouvintes, tenho algumas atualizações incríveis para compartilhar com vocês. Fabiana estará exibindo sua arte em Selvita na próxima semana. Isso vai além da expressão artística. É também uma chance de apoiar os esforços vitais de reflorestamento liderados por sua família. Vocês estão cordialmente convidados.

— Então, anotem em suas agendas esse evento artístico da próxima semana no Banco de Selvita. Carole sugeriu a ideia para Johnny e Fabiana, e acreditem - ela está retendo apenas dez por cento das vendas para ajudar a libertar o irmão da prisão.

— Johnny foi recém nomeado vice-presidente do banco por facilitar esta exposição.

— João e Manuelito levarão as séries ilustradas por Fabiana intituladas 'Olhos de Peixe' e 'Rosetas' para a sala de conferências do banco.

— Pearl fornecerá deliciosos quitutes. E para tornar tudo ainda mais memorável, ela vai distribuir sementes e mudas germinadas. O propósito é simples: essas sementes e mudas devem ser plantadas em qualquer área queimada no Pantanal.

— Isso é de fato um esforço coletivo que demonstra a união da comunidade. Essas pessoas estão juntas, impulsionadas pela arte, ativismo e pelo compromisso de revitalizar o Pantanal.

177

— Quero ressaltar que a entrevista na televisão contribuiu para o sucesso do negócio de Pearl. Os moradores de Selvita elegeram a sua firma como a melhor da região.

— Ah, mais uma coisa. Mantenham-se atualizados sobre o retorno do jaguar. Minhas fontes sugerem que em breve o status de sua recuperação estará sendo transmitido na televisão em âmbito nacional.

— E, com essa nota positiva, deixo aqui o meu sincero agradecimento pela sua companhia ao longo de toda esta narrativa.

A música tema do seu programa e efeitos sonoros indicaram o término da transmissão.

Julho de 1985 – O Mundo Atesta

Fabiana estava deitada no sofá, desenhando olhos felinos. Na tela monocromática, o meteorologista anunciava uma temperatura escaldante de 40 graus. Para aliviar o calor, Fabiana improvisou um leque com seu caderno.

Um alerta de "Últimas Notícias" a fez fechar seu caderno e prestar atenção. Imagens de patas enfaixadas surgiam na tela.

Fabiana pulou do sofá, calçou os tênis, e pegou um pacote retangular embrulhado que estava encostado perto da porta. Escreveu um bilhete e o deixou sobre a mesa: 'Mãe, espero que esteja assistindo. Estou indo para a fazenda.' E saiu, deixando a televisão ligada enquanto a voz do repórter ecoava pela sala vazia:

— Estaremos trazendo atualizações ao vivo direto da Fazenda Santa Fabiana.

Fabiana procurou em vão por um táxi. Salvo pela sinfonia de grilos e pássaros, as ruas estavam desertas. O momento mais aguardado em Selvita, estava sendo transmitido ao vivo em rede nacional. Seu coração palpitava forte enquanto se apressava em direção ao ponto de ônibus. A meio quarteirão de distância, avistou seu irmão se aproximando em sua bicicleta.

— Está acontecendo — ela gritou para ele. — Precisamos ir pra fazenda agora!

Com um grito de alegria, Manuelito exclamou:

— Suba, mana. Segure firme. Vamos voar.

Ele pedalou com vigor, erguendo uma nuvem de poeira na estrada de terra e pedregulhos.

Pearl chegou em casa logo em seguida. Leu a mensagem de Fabiana e se postou em frente à televisão. Naquele momento, a imagem do jaguar estava sendo substituída por um homem na casa dos cinquenta anos. Pearl não precisava ler o nome na parte inferior da tela.

— Nosso próprio João Paiva — declarou Pearl com admiração.

Márcia Passaredo perguntava a João se ele era veterinário.

— Não, uma vez arborista, sempre um preservacionista. Quando os incêndios são contidos, sou chamado para inspecionar as árvores. Felizmente, deparamos com este jaguar com graves queimaduras de terceiro grau em suas patas, debaixo de uma árvore manduvi. Conseguimos sedá-lo com dardos tranquilizantes e o trouxemos para este local, onde, nas últimas semanas ele foi tratado e monitorado para detectar qualquer sinal de infecção.

Quando Fabiana e Manuelito desceram da bicicleta na Fazenda Santa Fabiana, apressaram-se para o celeiro, e posicionaram atrás da equipe de TV. João os avistou e acenou. Em resposta, Fabiana, com suas unhas decoradas com um padrão de roseta, tocou suavemente no vidro que os separava.

O operador de câmera registrou o instante tão aguardado, possibilitando a todos os presentes no celeiro, bem como aos espectadores em casa, testemunharem os olhos arredondados cor de âmbar do jaguar se abrindo lentamente. Fabiana sentiu uma profunda empatia pelo jaguar que muito havia sofrido nos recentes incêndios em sua fazenda.

— Quando o jaguar voltará ao seu habitat natural? — Indagou Márcia Passaredo a João.

— Neste momento, é cedo para confirmar. Entretanto, posso garantir, que ele receberá os melhores cuidados possíveis graças à Fabiana Grande. Ela é a proprietária de Fazenda Santa Fabiana e fundadora deste moderno centro de reabilitação de vida selvagem em Selvita.

Márcia se aproximou de Fabiana, perguntou se ela gostaria de compartilhar alguma declaração para os telespectadores em casa e passou-lhe o microfone.

— Lamento que este jaguar tenha sofrido devido à conduta inaceitável de um marginal — afirmou Fabiana com determinação na voz. — É por isso que decidi permanecer em Selvita e tornar minha fazenda em um espaço de educação e preservação para a flora e fauna do Pantanal. Até já escolhi um novo nome para a propriedade.

Fabiana desembrulhou o pacote retangular que trazia e revelou a todos a placa que havia criado com as palavras:

'Sob o Sol do Pantanal.'

Márcia admirou a placa e em seguida declarou:

— Ainda é cedo para prever quando este jaguar poderá retornar ao seu habitat natural. No entanto, graças a dedicação desta jovem, Fabiana, este felino receberá os melhores cuidados disponíveis no Pantanal.

Epílogo: Quem É O Jaguar? Quem É A Presa?

Paolo se recuperou da cirurgia na residência de João. Fabiana o visitava quase todos os dias ao entardecer, e juntos, se maravilhavam com a revoada dos pássaros retornando para seus ninhos.

Às vésperas de Paolo retornar aos Estados Unidos, Fabiana o convidou para um jantar. Ela vestia uma blusa de seda com estampa de roseta e a saia psicodélica que Paolo havia comprado para ela no Rio de Janeiro. As fendas na saia midi deixavam à mostra as sandálias, compradas em Campo Grande, com o corpo da cobra falsa subindo em espiral até logo abaixo do joelho. Ela espiava pelo olho mágico, aguardando sua chegada, sentindo um misto de ansiedade e expectativa. Quando ele finalmente chegou, ela saiu para recebê-lo.

Paolo elevou a mão de Fabiana acima da cabeça dela e a rodopiou para apreciar sua beleza. Seu assobio de admiração se misturou com o canto dos pássaros que sobrevoavam a casa.

Quando os pássaros estavam longe, no horizonte, Fabiana e Paolo foram para o quintal, onde ela lhe serviu um copo de Guaraná.

Ele leu a inscrição no copo: — Finito e o Infinito.

— Sim — Fabiana disse. — Gostou? Eu que escrevi. Tenho refletido muito sobre o significado destas duas palavras.

— Como assim?

— Você está partindo para os Estados Unidos em breve. Estou buscando maneiras de fazer momentos finitos como este durarem infinitamente.

Fabiana abriu um largo sorriso ao notar a expressão perplexa de Paolo.

— Vem comigo, vou te mostrar.

Foram ao quintal onde Fabiana pegou um recipiente contendo brotos germinados de batata-doce.

—Isso é o que eu quero dizer. Vamos tornar este momento finito da plantação em um momento infinito ao deixar a planta se alastrar no futuro.

Agacharam-se e juntos fizeram buracos em um canteiro e plantaram os brotos de batata-doce. No momento em que suas mãos se encontraram para cobri-los com terra, trocaram olhares ternos que duraram uma infinidade.

Eles caíram no chão, rindo e, então Paolo comentou:

— Sabe, estou pensando em ficar em Selvita para conhecer melhor meu pai.

Fabiana lançou a ele um olhar de surpresa.

E tem mais — ele se aproximou e sussurrou em seu ouvido:

— Devo ficar para conhecer melhor um certo jaguar?

Fabiana deslizou os dedos, com as unhas esmaltadas e decoradas com rosetas, pelo rosto dele. Seus olhos se fixaram nos olhos de Paolo, que de maneira surreal se transformaram nos olhos do jaguar. Experimentando uma onda de excitação aflorar em si, ela sussurrou em seu ouvido:

— Quem é o jaguar? E quem é a presa irresistível?

Eles trocavam um olhar intenso que transcendia o tempo. Uma atração magnética os envolvia. E eles se entregaram a um beijo intenso sob o sol do Pantanal.

FIM

AGRADECIMENTOS

Minha eterna gratidão a meus familiares: Gino, Eugenio, Sally, Joanita, Eliane, Marly, Érica, Patrícia, Estevão e Hamilton e respectivas famílias; às minhas queridas amigas de sempre: Rosane, Vera, Juliana, Angélica, Frida, Judith, Carmem, Beth e Valéria; e às estimadas amigas do mundo das letras: Ana Lavratti, Cristiane Henriques, Nadija Tot, e Daphne Maria. Sua consistente amizade, inspiração e apoio têm sido inestimáveis para mim.

Meus sinceros agradecimentos a toda a equipe editorial, em especial, Amy, Frank e Emile por suas orientações e pelo design da capa que habilmente captura a essência do meu livro.

E minha gratidão especial a você por dedicar seu tempo à leitura.

***

Que esta narrativa fictícia seja
um convide para que possamos
valorizar a riqueza e recursos naturais
que se encontram no coração
do Pantanal brasileiro.

***

Esta obra é dedicada postumamente:
ao meu pai, Zelinho, que tinha um
fascínio incrível pelo Pantanal; e
a Joe Phill, que partiu prematuramente,
deixando um legado inspirador e eterno
na minha trajetória literária.

***

Divertiu-se lendo?

Explore mais com as seguintes perguntas:

1. Como os olhos do jaguar funcionam como uma ponte metafórica entre o ambiente urbano de Fabiana e o indomado Pantanal, moldando sua jornada e senso de pertencimento?
2. De que maneiras os personagens Paolo e Glorieta incorporam a intensidade e complexidade do olhar do jaguar, e como a presença deles influencia as decisões e experiências de Fabiana?
3. À medida que Fabiana se move relutantemente do Rio de Janeiro para o Pantanal, que desafios e descobertas a aguardam nessa paisagem indomada, e como contribuem para o desenvolvimento de seu caráter?
4. O programa de rádio *Words into Tangible Worlds* desempenha um papel significativo em desdobrar a história de Fabiana. Como o estilo narrativo da locutora Meire aprimora a atmosfera geral e o envolvimento da narrativa?
5. Com o Pantanal indomado como pano de fundo, que mistérios e segredos Fabiana pode descobrir, e como contribuem para a intriga geral da narrativa?

O que você acha?